姫野《ひめの》 結依《ゆい》

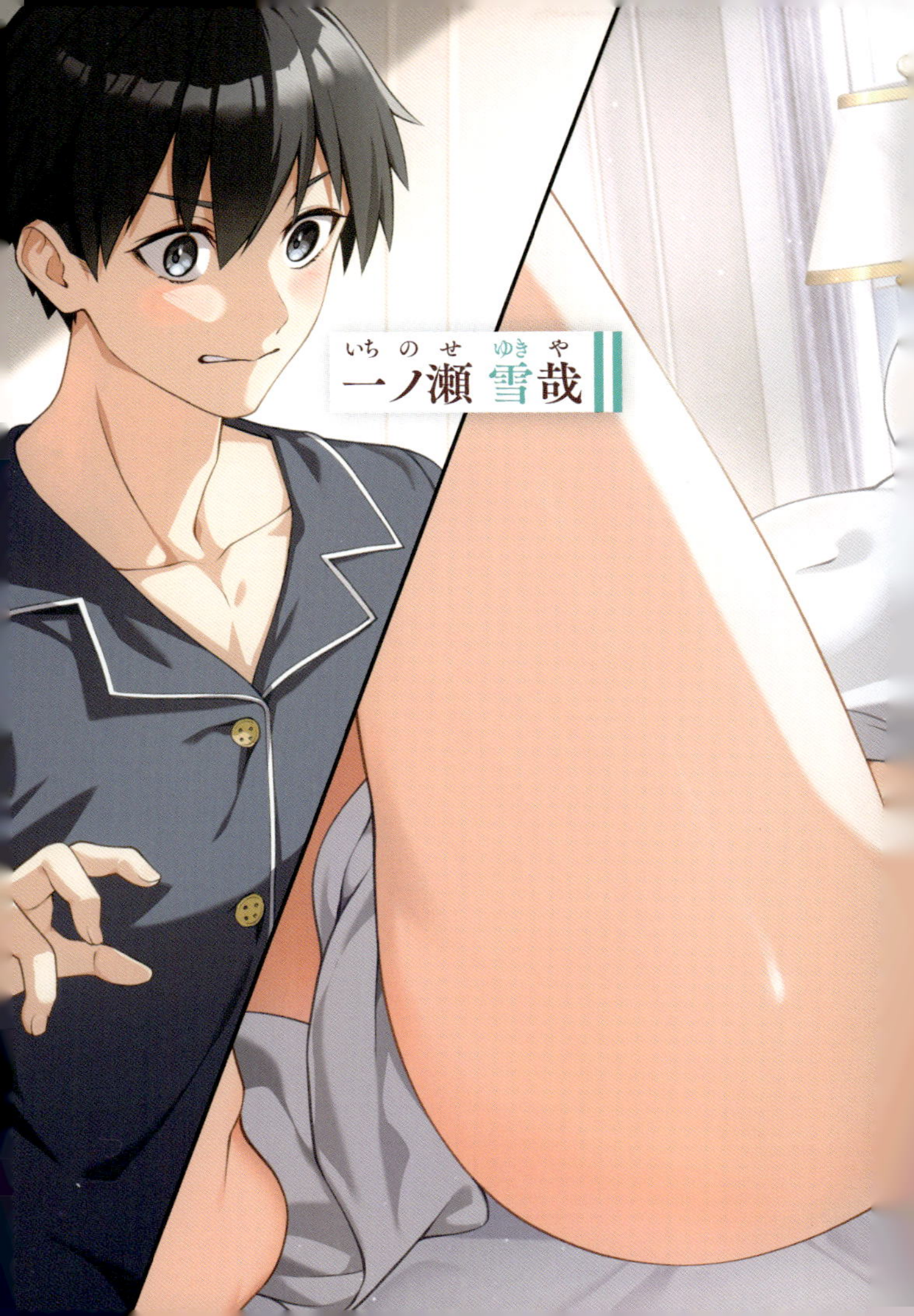
一ノ瀬《いちのせ》 雪《ゆき》哉《や》

CONTENTS

超貧乏な俺は幼馴染みに買われ、幸せでちょっぴり刺激的な生活を送っています1

カムシロ

BRAVENOVEL
ブレイブ文庫

幼馴染みとの再会と俺が買われた日

日曜日。俺はテーブルの上に置かれた一枚の紙を呆然と眺めていた。

それは俺の父親の字で書かれていた。


『雪哉《ゆきや》へ。

父さんと母さんは少し遠くに行くことにした。悪いな。この選択がお互いのためになると思う。あとのことはある人に頼んである。俺たちも頑張るから雪哉も頑張れよ』

クソッ、借金残して消えやがった!!

昨日は夜遅くまでバイトをしていたから起きるのが遅くなってしまったので、父さんと母さんがいつ家を出たか分からない。俺に気づかれないように出ていったのだろう。そういった日をわざわざ選んだのだろうから、いつも通り起きたとしてもあまり意味はなかったと思う。

怒りが湧き上がったのは一瞬だった。今ある感情は呆れだけだ。

「はぁ……」

大きなため息が出るとともに、全身から力が抜けていく。足から力が抜けて座り込んでしまいそうになるのをグッと堪える。

我が家はびっくりするくらい貧乏だ。どのくらい貧乏かというとかろうじて生活出来ているレベルだ。食べ物はバイト先で恵んでもらうことも結構あったし、自慢ではないが電気やガス水道を止められることも多々あった。

生まれた時から貧乏だったので小さい頃は特に気にしたことはなかったが、次第に歳を重ねるごとに他の家との違いが色々分かるようになってきた。

水は公園で飲むものだと思っていた俺にとって、お店で水を買うと知った時の衝撃は今でも覚えている。水なんて公園の蛇口をひねれば出てくるのに、わざわざ買う理由が分からなかった。公園の水もかなり美味しいと思う。

それでも貧乏なりに幸せな生活を送っていたと思う。父さんと母さんは俺に暴力を振るったことなんてなかったし、俺だけ質素な飯を食べさせられていたわけでもない。虐待を受けたことなんてなかった。家族みんな揃って一般的な家庭のお粥よりもさらに水分が多いものを食べていた。ベチャベチャを超えてサラサラだった。飲み物かな？

お金は全くなかったが愛情は受けていたと思う。父さんも母さんも明るかった。不自由だと思ったことは何度かあるが、自分を哀れだと思ったことは一度もなかった。

ただ一つだけ父さんと母さんの欠点を挙げるとすれば、お金に関する才能が全くなかったことだろう。二人とも金を稼ぐことも使うことも貯めることさえも、信じられないほどに下手くそだったということだ。

一番酷かったのは、給料日にせっかく稼いだお金を持って帰ってくる途中で全部落としてきたことだ。母さんは申し訳なさそうに謝っていたがさすがにその時は泣いてしまった。

数日後に親切な人が拾ってくれたお陰で何とかなった。いったい誰が拾ってくれたのか分からないが命の恩人だ。あのままだと食べるものがなく餓死していたかもしれないのだ。いつか会う機会があったら是非ともお礼を言いたいものだ。

まぁ、母さんが心配させてごめんねの意味で少し高価なカップラーメンを買ってくれたし、今ではいい思い出だと思っている。

貧乏過ぎてお湯すらなかったので、公園の水でカップラーメンを作った。ちなみに、水で作る場合は二十分だ。我が家は常に借金という名の災害に見舞われているので、災害時の知識は完璧だ。電気が止まろうとガスが止まろうと、水道が止まろうと大丈夫だ。

昔のことを少し思い出しただけでも酷い。不思議なことに我が家には全く金が貯まらず減る一方なのだ。増えていくのは借金だけ。

二人とも安定した仕事ではなくバイトのようなものをしてしのいでいた。そのせいで保険もなければいきなり仕事がなくなることもあった。そうしたら収入はゼロだ。

事情が事情なので小さい頃からバイトというかお手伝いのようなものをしてお金をもらっていた。大家さんをはじめとした色々な人に仕事を紹介してもらって何とか生活してきた。お金には恵まれなかったが人とのつながりには恵まれていたのだと思う。

俺が高校生になってからは本格的にバイトを始めることが出来た。高校二年になりバイト生活にも慣れてきていた。

本格的にバイトを始めたことで少しだけ楽になると期待していたが、誤差程度の変化だった。ほとんど変わることはなかった。

それどころか借金はなくならないし、むしろ増えている。全く意味が分からなかった。

時々、うちに帰ると見覚えのない壺が置いてある。だいたい割れてなくなるのだけれど……あれはいったい何だったのだろうか？

借金が増え続けることに文句を言っても仕方がないのでバイトを続けた。バイトだけではない。学生の本分である勉強にも全力を注いだ。この貧乏生活を脱出するには良い職につくしかない。

俺に出来ることは学力を上げることだけだった。良い大学に行き就職する。それが俺の思いつく貧乏生活を脱出するのに最も近い道だと思ったからだ。宝くじを当てたり、株で稼ぐよりよっぽど現実的だと思う。

バイトをしながら勉強もする。言うのは簡単だが正直かなりきつい。

時間もないし体力だって削られる。勉強やバイトをするためだけに体を鍛えたのは俺くらいなものだろう。おかげでそこら辺の高校生よりも鍛えられた体をしていると思う。

勉強は中学生の頃から頑張っている。そのおかげで奨学金制度も利用出来たし、特待生で高校に入ったので学費が安くなった。勉強する以外に選択肢なんてなかった。

文字通り死ぬ気で勉強した。そうしなければ高校にだって通うことが出来ない。中卒では、今の絶望的な借金まみれの状態から回復するのは非常に難しい。学歴があって損することはないだろう。学歴が全てではないとは思うが、それを理由に努力をしないのはただの甘えだと思う。

努力を続けた結果、高校は特待生で入学出来たし奨学金も貰うことが出来るようになった。あとがないと結構何でも出来るものらしい。

勉強は切羽詰まっていたとはいえ結果が出ると嬉しかった。

高校でも変わらず続けている。今のところずっと学年一位をキープしている。

勉強くらいしか取り柄がないのだ。

「はぁ……」

大きなため息が出る。現実逃避のようにこれまでの出来事を振り返っていたが、現実に戻り手紙に視線を落とす。もう一度手紙を読み返すが内容は変わらない。ふと、ある一文が目にとまる。

「ある人って誰だ……？」

何度読み直しても手掛かりになるようなことは一切書かれていない。こんな短い文では何も分からない。それに心当たりだってない。

そんな時だった。ドアがノックされる。

俺が住んでいるボロアパートにインターホンなんてものは存在しない。それに小さい部屋なのでどこにいてもノックされれば十分聞こえる。

「もしかして……手紙に書かれているある人、か……？」

ゆっくりと近づき恐る恐る鍵を開けて扉を開く。

「お久しぶりです。一ノ瀬《いちのせ》雪哉くん」

透き通るような綺麗な声。

「ゆ……い……？」

「はい！　姫野結依《ひめのゆい》です」

そこにいたのは、小学一年生の時を境に疎遠になっていた幼馴染みの姿だった。思いがけない再会に思考が追いつかず、ただただ彼女を見つめてしまう。

肩まで伸びた綺麗な黒髪。可愛いと綺麗が完全に一つになった容姿を持っている。ロングスカートに白を基調としたゆったりした服に身を包んでいる。それにもかかわらず豊かな膨らみの存在感は失われていない。

息をのむほどの美少女になっているが子供の頃の面影があるので一目で結依だと分かった。

「雪くん、迎えに来ました」

そう言って笑う姿はとても魅力的で思わず見とれてしまう。固まっている俺に結依が話しかける。

「久しぶりの再会ですし雪くんが気になっているであろうことも含めてゆっくりお話がしたいので、中に入れてもらえませんか？」

「えっ？　あ、あぁ……どうぞ」

言われるがまま幼馴染みを家の中へと招き入れる。

「お邪魔します」

父さんと母さんがいなくなってその日に現れるなんてさすがにタイミングが良過ぎる。自然と手紙に書かれていたある人という部分が思い浮かぶ。

改めて結依の姿を見る。清楚な見た目でお嬢様といった感じだ。というか、実際お嬢様だし……。

彼女とは幼稚園から小学一年生の途中まで一緒だった。引っ込み思案な性格だった結依は友達を作ることが出来ず一人でいることが多かった。おまけに、当時のリーダー的な存在だった女の子に目をつけられてしまったことでいじめられていたこともあった。

いじめの発端はそのリーダー的存在の女の子の好きな男の子が結依のことが好きだったから、という理不尽な理由だった。

いじめられている姿を見て放っておくことが出来ず声をかけた。出会った当初は全く笑わない子だったが、いじめがなくなるにつれて次第に笑うようになっていた。初めて見た彼女の笑顔は今でもよく覚えている。そのあとも思いのほか相性が良くてすぐに仲良くなり、結依が引っ越すまで一緒に遊ぶことが多かった。

どのくらい仲が良かったかというと『将来結婚しようね』と約束するくらいだ。

まぁ、子供の頃の話なので本気になんてしていない。それに結依が覚えているかどうかだって怪しい。

小学生になって結依は引っ越すことになりそれから疎遠となっていた。だいたい九年ぶりくらいの再会だ。

結依のお父さんは、日本でも有名な会社の社長さんだ。俺たちが幼稚園の頃はそこまで大きくなかった。だけどある時を境に急成長し、今ではほとんどの人が名前くらい聞いたことのあるほどの会社に成長した。

レストランや洋服店など様々な分野を手広くやっている。クラスメイトの中にも結依のお父さんの会社の洋服を買っているという人がいるくらい身近な会社となっている。

昔は同じ幼稚園に通っていたはずだが結依は一気に手の届かない遠い存在になってしまった。

俺はそんな結依に恋心を抱いていた。初恋の相手だ。だが、その恋は叶わないと思い、心にしまっていた。

こちらはその日を生きるのにギリギリな生活を送っている貧乏学生に対して、結依は大きな会社の令嬢だ。身分が違い過ぎる。どう考えたって釣り合っていない。

おまけに結依が引っ越してから疎遠になっていたことも一つの理由だ。

でも……そんな言い訳をしながらも、少しでも結依に近づけるようにと必死に勉強していた部分もある。我ながら矛盾していると思うが、いつか再会する時に恥ずかしくないような自分でいたかった。

結依の存在が大きかったのは間違いない。

今、そんな初恋の相手が目の前にいる。それだけでも衝撃的だが、それよりも気になることを言っていた。

「えーと、迎えに来たって言ったか？」

ぼろぼろの部屋の中で小さなテーブルをはさんで向かい合うように座る。

「はい」

笑顔で答える結依。

結依の纏う雰囲気がこのぼろ部屋と合っていない。こんな部屋の中に座らせるのが申し訳なくなってくる。

「もしかして、この手紙のある人って言うのは結依のことなのか？」

そう言って手に持っていた父さんからの手紙を渡す。

結依はそれを受け取ると、軽く目を通したあとに口を開く。

「はい。このある人って言うのは間違いなく私のことだと思います」

「やっぱりそうなのか……」

こんなにもタイミング良く現れたのだから無関係だと考えるほうが難しい。

沢山のことが同時に起きて頭が痛くなる。頭の中がぐちゃぐちゃだ。

「本当は思い出話に花を咲かせたいところですけど、さっそく今日私がここに来た要件をお話しさせてもらいますね」

「あぁ、頼む」

「それでは——雪くん、私に買われませんか？」

「…………………………………………はい？」

一体何を言っているんだ？

予想の遥か彼方の内容に脳が追いつかず、結依の言葉の意味を理解するのに時間がかかってしまう。

冗談かと思い結依の顔を見るが冗談を言っている様子はない。いたってまじめな表情をしている。

「雪くんは膨大な借金に困っていますよね？」

「あぁ」

結依の言葉にうなずく。

「その借金を私、正確には私のお父さんですが、代わりにお支払いします。そのかわり雪くんには私のものになって欲しいのです」

「えーと、つまり結依のために働けってことか？」

「はい。だいたいそんな感じです。荷物持ちをお願いしたり、話し相手になったり、お料理の味見役など色々です。でも安心してください。雪くんが本当に嫌がるような酷いことをさせるつもりはありませんから」

そう言ってにっこりと笑う。

うっ……可愛いな……小さい頃も可愛かったが、この数年でその可愛さに磨きがかかっている。

思い出は美化されがちだ。その上、結依は初恋相手だ。それにもかかわらず、目の前の結依の可愛さは思い出をゆうに超えてきている。

結依の言葉を飲み込み理解しようとする。

少し過激な表現をしているが、要は結依のお父さんが払ってくれた分を結依のために働いて返すということだろう。

借金を肩代わりしてもらえるという話はとても魅力的だ。俺一人では一生かけても払い切ることが出来るかどうかあやしい。臓器を売っても足りないかもしれない。

一方、結依の家はお金持ちだ。きっと借金だって簡単に返すことが出来るに違いない。

結依の提案を受ければ借金を返済出来て生まれてからずっと悩まされてきた借金まみれの生活から抜け出すことが出来る。

それに結依の召使いのようなことをするのには一切不満はない。臓器を売ることに比べたら最高の提案だ。雑用係だとしても奇跡的に初恋の相手と一緒にいることが出来る。俺にとってメリットしかない。初めて貧乏だったことに感謝出来る気がする。

「期限とかあるのか？」

「そうですね……それなら、私が満足するまでっていうのはどうでしょうか？」

少し考えてから答えを出す。

「分かった。別にそれで構わない」

「ほ、本当ですか!?　こんなふんわりした期限でいいのですか？」

どういうわけか提案した結依の方が驚いている。

「あぁ、とんでもない額の借金を肩代わりしてもらうんだ。文句なんてないさ」

「そうですか……でも本当にいいのですか？　私に買われるってことは、雪くんにはほとんど拒否権なんてなくなっちゃうんですよ？　私がお願いしたことなら何でもしてくれるんですか？」

なるほど、俺の意思なんかよりも結依の意思が優先されて、そして俺はその要求に応えなくてはならない。だから買うなんて表現をしたのか。

俺に人権はなくなるのかな……。

それでも答えは決まっている。

「勿論だ」

迷いなんてない。たとえとんでもないお願いだったとしても全力は尽くすつもりだ。あの額の借金なのだからきっとこき使われるだろうが問題ない。掃除でも料理でも荷物持ちでも何でもやってやる！　勉強とバイトのために鍛えた体を舐めるなよ！

「それじゃあ、この契約書にサインしてください」

一枚の紙が目の前に出される。その内容はさっき話したものとほとんど同じだ。簡単に要約すると『結依のものになります』だ。

うん？

よく見るとこの契約書は手書きだ。綺麗な字だ。何というか、女の子が書きそうな字という印象を受ける。

契約書って手書きのイメージがなかったので少しだけ違和感を感じてしまう。

だからと言って、特に問題があるわけではないので受け取ったその紙にサインをする。

「これで契約成立ですね。それでは、行きましょうか」

「え？　行くってどこに？」

「勿論、私と雪くんがこれから二人で暮らすお家です！」

「……へっ？」

「外に車を待たしているので急ぎましょう」

結依は立ち上がり俺の腕をつかむと、引っ張りながら扉のほうへと向かう。

「ちょっ、ちょっと!?」

「荷物はあとで持ってきてもらいますから大丈夫です。それにこの部屋は既に解約しているので住めませんよ？」

「え!?」

知らないうちにどんどん話が進んでいたことに驚く。もしかして、結依の提案を受ける道以外なかった？

「そ、そうだ！　バイトもあるし急に引っ越すのは……」

「そちらの方も、もう話はついているので問題ありません。雪くんの代わりの人もちゃんと紹介してありますからお店に迷惑はかかりません」

そっか……なら安心――じゃねぇよ!?

一体どうなっているんだ……まるで全てが決まっていたかのようにどんどん話が進んでいる。理解が追いつかず頭が痛い。

訳の分からないまま結依に腕を引かれ車の中へと押し込まれた。

綺麗で広々とした車内。

リムジンなんて初めて乗ったな……。

緊張で背筋が伸びてしまう。そんな俺の近くで結依はにこにこと機嫌が良さそうに座っている。

どれだけの時間乗っていたのかは緊張のせいでよく分からないが、しばらくして綺麗な家の前で停車する。

運転手が慣れた動きで素早く扉を開けてくれる。自分でドアを開けそうになり慌てて手を引っ込める。

それに引き換え結依は落ち着いた動作で車から降りる。まさにお嬢様って感じだ。

「ここが今日から私たちが住む家ですよ」

「おぉ」

お金持ちらしくとんでもなく大きい家かと思ったが、意外と普通の家だ。もっと大きな家で掃除が大変になるだろうと覚悟していたが、そんなことはなく少しだけ拍子抜けだ。ただ、大き過ぎても落ち着かないに決まっているから個人的にはありがたい。

まぁ、それでも俺がこれまで住んでいた部屋よりも何倍も大きいが……。

「さぁ、早く入りましょう」

「お、おう」

家の中へと入る。

すごい！　とても綺麗だ。壁に穴が開いていないし、ヒビも入っていなければ変なシミもない！　天井も高い！　じめじめしていないし、変な臭いだってしない！

空気が澄んでいるような気がする。近くにある電気のスイッチをパチパチと押す。

「何やっているんですか？」

「いや……ちゃんと電気がつくのかなって……」

「……」

結依が黙ってこちらをじっと見ている。何とも言えない視線をこちらに向けてくる。俺は慌てて言葉を繋げる。

「ち、違う！　別にいつも電気がつかなかったわけじゃないんだ！　たまにつかない時があっただけだから！」

嘘です。時々じゃないです。割と結構な頻度で止められていました。

電気代が払えなくてよく電気を止められていた。なんなら電気通っている時間の方が短かったかもしれない。

バイト先で貰ってきた弁当をボロボロの電子レンジで温めようとして、電気が止まっていた時の悲しさは今でも忘れない。

もはや何の言い訳なのかも分からないことを口走っている俺に結依が近づいてくる。優しく手を握ると聖女のような笑みを浮かべて言う。

「大丈夫です。この家はどんな時でも電気がつきますから。安心してください」

「そ、そうか……良かった」

「それに水もガスも心配ありません」

電気だけじゃなくてちゃんと水も流れるのか……なんて贅沢な家なんだ。

優しく結依に手を引かれ家の中を一通り見終える。

「どうですか？」

「俺には勿体ないくらいのとてもいい家だと思う」

「気に入ってもらえましたなら良かったです！」

こんな立派な家に本当に住んでいいのだろうか？

一通り家を見終えたあと俺の荷物が届くまで一息ついていると、結依に声をかけられる。

「早速ですけど、一つ目のお願いをします」

……来た。

一体どんなお願いをされるのだろうか？　引っ越したばっかりだから掃除は必要ないと思う。

ちらりと時計を見るとお昼を過ぎている。お昼ご飯を買ってくるように言われるかもしれない。

どんな命令がくるか分からず身構える俺に綺麗な笑顔を向けて口を開く。

「私にハグをしてください」

「……はい？」

「抱擁です」

「いや、言葉の意味が分からなかったわけじゃないんだけど……」

予想していなかった内容に思わず聞き返してしまった。

「ハグにはストレスを軽減してリラックスさせる効果があるんですよ。私はこう見えてもお父さんの仕事の手伝いをしているので、ほんの少しだけ疲れがたまっているんです。なので、雪くんに癒してほしいのです」

「手伝い？」

「はい。それに最近はお店の経営を任せてもらえるようになったんです。私たちのような年代の人たちをターゲットにした小さなお店です」

「それは……すごいな」

俺と同い年でそんなことが出来るなんてすご過ぎる。尊敬してしまう。きっと結依は経営の才能があるのだろう。

結依の父親は日本中に名前が知れ渡るほどに会社を成長させた人だ。結依がその才能を受け継いでいても不思議ではないのかもしれない。

「そういうわけなのでハグしてください」

抱きしめて、と言わんばかりに腕を広げる。

いきなりそんなことを言われても心の準備が出来ていない。一応初恋相手なのだから嫌でも緊張してしまう。

だが……俺は買われた身なので拒否権なんてない。覚悟を決めて結依に近づきそっと抱きしめる。

抱きしめると体温が伝わってくる。結依の体はびっくりするほど華奢で簡単に壊れてしまいそうだ。

女子とハグをした経験なんてこれまで一度もないので優しくすることだけを意識する。他に何に気をつければいいのか全く分からない。

緊張で震えそうになるのを必死にこらえる。ハグするだけで緊張しているなんてばれたら恥ずかしい。

「ふぁ……久しぶりの雪くんの匂いです。落ち着きます……」

そう言って俺の胸元に顔を擦りつけ、鼻先を押しつけている。くんくんと匂いを嗅いでいる。背中に回された腕に力が入り強く抱きしめられる。俺と結依の間に隙間なんてものはなくなっている。

頭が沸騰しそうでクラクラしてくる。甘い匂いに包まれて頭がおかしくなりそうだ。心臓の音が聞こえてしまわないか不安で仕方がない。

押しつけられている柔らかく大きな双丘が押しつぶされて形が変わっているのが感触でわか

る。

やばい、これ以上はとにかくやばい！

己と葛藤して意識を全力で逸らそうと必死に努力していると、満足したのか結依が俺からゆっくりと離れる。

顔を赤くしうっとりしたような表情でこちらを見つめる。顔を押しつけていたせいで息が出来なかったからか少しだけ息が上がっている。

「ありがとうございました。これで頑張れます！」

「そ、それは良かった」

わずかな時間だったのにもかかわらずものすごく疲れた。背中が汗で濡れているような感覚がある。

「本当はもう少し雪くんとくっついていたかったですけど、結構ギリギリだったので……」

いったい何がギリギリだったのだろう？　まさか俺の理性が飛ぶギリギリということだろうか？

たしかにギリギリだった。こっちは思春期真っ盛りの男子なのだ。耐え抜いたことを褒めて欲しいくらいだ。

結依に内心を見透かされていたみたいでかなり恥ずかしい。

まだ心臓がバクバクしているのが分かる。落ち着かせるためにゆっくりと深呼吸していると俺の荷物が届けられた。

「荷物が届いたので早めに片づけてしまいましょうか」

そう言って動き始める結依の足取りはとても軽やかだ。

届いた荷物を受け取り最後の作業に取り掛かるが、三十分もかからずに終わってしまった。そもそも俺の荷物なんてほとんどなかった。持ってきてほしいものは結依伝てでお願いしてあるので問題ない。必要ないものは処分してくれるらしい。

家電製品などは最初からアパートに備えつけられたものなので持ってくる必要はない。それにこの家には最新の家電製品が置いてある。

最新のものかどうか分からなかったが、結依の話によると最新のものらしい。

どうやら公園まで行き洗濯板とたらいを使っての洗濯はもうしなくていいようだ。

それだけではない。この家にはテレビがある。一家に一台テレビがあるというのは嘘ではなかったようだ。噂によると何台もテレビが置いてある家もあるらしい。とんでもないな……。

冷蔵庫もただの飾りではなくちゃんと中身が入っていた。

我が家の冷蔵庫はほとんどものが入っていなかった。まぁ、そのおかげでいつ電気を止められても問題なかったんですけどね！

ひと段落した今、俺は結依が入れてくれたお茶を飲んでいる。

目の前では行儀良く座る結依の姿がある。背筋を伸ばしお茶を飲む姿からは育ちの良さを感じられる。座り姿一つとっても絵になっていると思う。

「これからのことについてお話ししますね」

「よろしく頼む」

「雪くんには私の通う学校に転校してもらいます」

「えっ……そんなこと出来るのか？」

結依の通う学校はかなり学力が高く、おまけにお金持ちの家でなくては通うことが出来ない私立高校だったはずだ。

ただ頭がいいだけでは駄目なのだ。

「大丈夫です。お金のことは気にしなくても平気です。こちらで全て用意しますので」

まるで俺の心を読んだかのような言葉だ。

「ただ、さすがに編入試験は受けてもらうことになります」

「あの学校の編入試験ってかなり難しいって話じゃなかったか？」

学力もトップクラスの学校だ。そんな学校の編入試験となればかなり難しい問題が出るに違いない。一般的な入試の問題よりも簡単だったら、みんな一般入試なんて受けず編入試験を受けるに決まっている。

きっと俺が通っている学校とはレベルが段違いだろう。

「雪くんの言う通り難しい試験のようです」

「なら……」

「でも心配はしていません。雪くんの学力なら難なく合格出来ると思っています」

たしかに勉強は頑張っているけど、それはあくまでも俺の出来る範囲でだ。そんな難関校の編入試験を合格出来ると言い切る自信はない。

結依は近くに置いてあった封筒を手に取ると中身を取り出す。

「ここに以前、雪くんのように編入希望者が受けた試験問題があります」

テーブルの上に国語、数学、理科、英語それぞれの問題が置かれる。

とりあえず一番最初に目についた数学の問題をとって中身をパラパラと眺める。数学は得意科目なのでこれでだめなら他の科目も厳しいだろう。いくつか問題を読んでみる。

あれ？　意外と簡単だな。この程度なら……。

ふと、結依の方を見るとにこりと笑っている。

「この問題って本当に編入試験の問題なのか？」

想像以上に簡単なので疑ってしまう。

「はい、間違いありません。正真正銘編入試験の問題です。簡単だって思いましたよね？」

「まぁ……」

正直なところ拍子抜けって感じだ。これなら何とかなると思う。それとも合格点が高いとか、か？

「雪くんの実力なら当然だと思います」

嬉しそうに笑っているが、まだ合格したわけではないから安心は出来ない。わざわざこのために勉強するほどではないが、せっかく結依が用意してくれた過去問は解いておきたい。

「来週の日曜日に編入試験を受けてもらいます。それまでに色々用意をしてしまいましょう」

俺が今通っている学校にも仲のいい友達はいるし、教師には良くしてもらっている。俺の家が貧乏だということで問題集を貸してくれた先生までいるのだ。転校する前に挨拶はちゃんとしておきたい。

かなり急な展開だが、まだ転校までは時間がありそうだし最低限のことは出来そうだ。何も言わずに転校することだけは避けたい。

「いきなり転校しろ、だなんて言われて嫌ではないですか？」

結依の声のトーンがわずかに落ちる。

「たしかに友達に会いづらくなるのは寂しいけど、二度と会えないわけじゃないしな。それに俺は買われた身だから文句なんてないさ」

「そうですか……」

結依は不安そうに俯く。結依がそんな表情をする必要なんてない。安心させるためにも俺の本心をちゃんと伝える。

「それに、結依と同じ学校に通うなんて小学生以来だからかなり楽しみなんだ」

「私も！　私も楽しみです！」

勢い良く顔を上げる。こちらに乗り出す勢いだ。

さっきまでの暗い雰囲気はもうどこかに行ってしまっている。昔もそうだったが結依には笑っていてほしい。

「学校でもよろしくな」

「はい、よろしくお願いします」

「とは言うものの、まだ合格してないんだけどな」

「雪くんなら絶対に大丈夫ですよ」

そう言って微笑む結依の笑顔を見て、期待に応えられるように頑張ろうと心に誓う。

ふと時計を見るとちょうど二時を回ったところだった。

「少し遅くなってしまいましたけどお昼ごはんにしましょうか」

「そうだな」

「せっかくですしどこかに食べに行くことにしましょうか」

外食……思わずのどがゴクリとなる。ほんの数時間前までは無縁だった場所。一度は行ってみたいと思っていたがまさか実現するとは。

「お昼ご飯のあとに買い物もしたいので、お願い出来ますか？」

「勿論。荷物持ちなら任せてくれ」

「よろしくお願いします」

「結依様。車の用意が出来ました」

タイミングを見計らったように声を掛けられる。

扉のところに立っているのは俺たちをここまで連れてきてくれた運転手の女性だ。

「ありがとうございます。そういえば、ちゃんと彼女のことを紹介していませんでしたね」

運転手の女性が自然な動作で結依の隣に立つ。

「彼女の名前は橘《たちばな》　沙希《さき》さん。私の身の回りのことや色々と手伝いをしてくれている人です」

スーツ姿に短く整えられた髪。身長は結依よりも高く、全体的にすらりとしたスレンダーな体型をしている。

少しだけ冷たい印象を受ける綺麗な顔立ちをしている美人だ。声にあまり感情がのっていないことも冷たい印象につながっているのかもしれない。

一つ一つの動作が丁寧できっと仕事が出来る人なんだろうと思う。

「ご挨拶が遅くなってしまい申し訳ありませんでした。橘です。よろしくお願いします」

そう言って頭を下げる。俺もその動きに合わせるように慌てて頭を下げる。

「一ノ瀬雪哉です。こちらこそよろしくお願いします」

俺と橘さんとのやり取りを見て満足そうな結依。

「橘さんはとても頼りになる方なので、雪くんも何か困ったことがあったら相談してくださいね。きっと力になってくれます」

「私に出来ることでしたら何でもお手伝いさせていただきます。遠慮せずに仰ってください」

「はい、よろしくお願いいたします」

結依の言葉からは橘さんのことを信頼していることが分かる。会って間もないから橘さんがどういった人なのかまだ分からないが、結依が信頼している人なのだからきっといい人なのだろう。

「挨拶も済んだことですし、さっそく行きましょう」

結依に手を引かれ人生二度目となるリムジンへと乗り込んだ。

目的地に着いたら橘さんに待っていてもらい結依と二人でお店に向かって歩いている。

「今から行くお店はおしゃれでとても人気なんですよ」

嬉しそうに声を弾ませながら隣を歩く結依。そしてどういうわけか俺の手には結依の指が絡められている。いわゆる恋人つなぎというやつだ。

車を降りるとすぐに自然な流れで手を握られてしまい、どうすることも出来ず今の状況に至る。小さい頃は手をつなぐ機会は何度かあったが、その時とは状況も違い緊張してしまう。

そんな俺の気持ちとは裏腹に結依は特に緊張している様子はなく自然体だ。勉強とバイトばかりしていた俺とは違い、こういったことに慣れているのかもしれない。

「どうかしましたか？」

色々と考え込んでしまっていた俺に話しかけてくる。不思議そうにこちらをのぞき込んでくる結依と目が合い慌てて口を開く。

「い、いや。何でもない」

「そうですか。あ、見てください」

結依の指さす方向に視線を向ける。

「あのお店です」

俺とは無縁なおしゃれな雰囲気のお店で、これからあのお店に入るのかと思うとたじろいでしまう。

内心動揺しまくりの俺とは違い、結依は平然と店の中へと入る。

「いらっしゃいませ！　二名様ですか？」

「はい」

「それでは奥の席にどうぞ」

店員に案内され席に着く。

「ご注文はお決まりでしょうか？」

「私はこの期間限定のものにしようと思いますけど、雪くんは何にしますか？」

俺は目の前に広げられたメニュー表に視線を落とす。

どれも美味しそうだが、値段を見て思考が停止する。

え……四桁なんですけど？

絶対に手を出してはいけない値段が書かれている。お水だったら大丈夫か？

「えっと、一番安いもので」

俺の注文を聞いた結依が少し怒ったように言う。

「雪くん、遠慮なんてしないでください。一緒に楽しく食事がしたいだけですから、余計なことなんて考えないでください。そんなの寂しいです」

「はい」

結依の言葉を聞いて反省する。たしかに一番安いものなんて頼み方は、結依にもこのお店にも失礼だったかもしれない。

「ふふっ、分かってくれたのならいいです」

そう言って笑う結依。

「私と同じものでいいですか？」

「よろしくお願いします」

注文を終え少し待つと料理が運ばれてきた。

「わぁ！」

嬉しそうに料理を見ている結依の姿を見て思わず頬が緩む。

「さっそく食べましょう！　いただきます！」

「いただきます」

運ばれてきた料理に視線を落とす。ラザニアというパスタ料理だ。名前からしておしゃれな雰囲気が伝わってくる。まずは一口。

「美味しい」

「とっても美味しいですね！」

夢中で食べ進めてしまう。おなかがすいていたこともあり、手が止まらない。

「ふふ、気に入ってもらえたみたいで良かったです」

その声を聞いて顔を上げるとこちらを見ていた結依と目が合う。何とも言えない気恥ずかしさを感じてしまう。

誤魔化すように話題を振る。

「このお店は誰か紹介してもらったのか？」

「はい、学校のお友達から教えてもらったんです。入学したら紹介しますね。とってもいい子なんです！」

結依の雰囲気から仲のいい友達なのだろう。

「楽しみにしているよ」

そのあとも食事と会話をしながら楽しい時間を過ごす。二人とも食べ終わったところで席を立つ。

「美味しかったですね」

「すごかった」

外食初体験を無事に終え幸せな気分で店を出た。

「次は生活に必要なものを買いに行きましょう」

「分かった」

このままだとご飯を食べさせてもらっただけになってしまう。ちゃんと荷物持ちとしての役割を果たさなくては。

「それで何を買うんだ？」

「大体のものは揃えているので、そうですね……食器とか雪くんの洋服ですかね」

「俺の？　服ならあるけど」

いくら貧乏だといっても着る服くらいはある。持っていなかったら警察のお世話になってしまう。

「なら聞きますけど、何着持っていますか？」

「えーと、制服と学校指定のジャージ、普段着が一着だから合計で三着だな」

普段は制服を着ていれば何の問題もないし、体育の授業や何か作業をする時にはジャージだ。そして今みたいに出かける時など制服やジャージでは困る時のための普段着。この三着があれば問題なく生活出来るのだ。

それに転校が決まれば制服とジャージが一着ずつ増えて合計で五着にもなる。さすがに前の学校の制服を着て外を歩くのは変だが、部屋着としてなら使うことが出来るかもしれない。念願の部屋着ゲットだ。

こんなにたくさんあれば十分だと思う。それなのにさらに買う必要なんてないと思うんだが。不思議に思っていると、結依が諭すようにやさしい声で言う。

「少な過ぎます」

「え？」

「三着は少な過ぎます。それに普通は制服と学校指定のジャージはカウントしません。なので、雪くんが持っている服は実質一着です」

そんな……着ることが出来るんだから一着換算じゃないのか？

「仮に三着だったとしても全然足りません。洋服に興味のない小学生ですらその倍以上は持っているると思いますよ」

今どきの小学生はなんておしゃれなんだ。

「ですから、今から服を買いに行きます」

「はい」

衝撃的な事実を受け入れられずただ頷くことしか出来ず結依に手を引かれ歩き出す。

そのあと何軒もお店を回ることとなった。結依の選ぶ服はどれもセンスが良く、まるで着せ替え人形のように何度も試着を繰り返した。そのたびに褒めてくれるので悪い気はしないが結構疲れてしまった。服を着るだけなのになんでこんなにも疲れてしまうのか不思議でしかたがない。荷物持ちをしている方がずっと楽だ。

最終的に十着も買い今日の買い物は終わった。俺の両手にはたくさんの服が入っている紙袋が握られている。

「雪くんに似合う服も買えましたし、今日はこれくらいにして帰りましょうか」

「こんなにたくさん買ってもらって申し訳ないな」

「気にしないでください。それに、私は雪くんを買ったのですから服を用意するのは当然です」

「そういうものなのか？」

「そういうものです。それともご迷惑でしたか？」

「いや、とても嬉しい。ありがとう」

「はい！　どういたしまして！」

嬉しそうな表情の結依を見るとこちらまで嬉しくなる。買ってもらった俺よりも結依の方が嬉しそうに見えるのはどうしてだろう。

「沙希さんが迎えに来てくれたので行きましょうか」

無事に買い物を終え俺たちは家に戻ることにした。

帰りがけにスーパーに寄り今晩の夕食のための食材を買ってから戻ってきた。そしてすぐにお風呂に入ることとなった。どうやら出かける前に結依が準備をしてくれたらしい。

驚くことに、シャワーで終わりではなくなんと湯船にも浸かることが出来るみたいで感動してしまった。せっかくなので先に入らせてもらうことにした。本当に久しぶりだ。

家の電気が止められてしまったりと不幸な事情でシャワーを浴びることが出来なくなってしまった時は優しい大家さんに何度も助けてもらっていた。本当に感謝している。引っ越してしまったので会うこともなくなってしまったが今度機会があれば挨拶に行きたい。

脱衣所で服を脱ぐ。向こうに結依がいるのだと思うとなんだか恥ずかしいような気もするが、今はお風呂が最優先だ。それに結依がバスタオルや着替えを持ってきてくれるみたいなので鉢合わせしてしまわないように手早く準備を終えお風呂場へ入る。

「おぉ！」

大きなバスタブにはお湯が張られている。これまでバスタブなんてお風呂にあるただのオブジェだったが、ちゃんと役割を果たしている。

室内は湯気で曇っているし、それに暖かい。

いつもお湯なんてないのでお風呂場はかなり寒かった。贅沢言っていられる状況ではなかったが、冬は凍えるかと思うほど寒かった。冬は入る時もそうだがシャワーを浴びて出たすぐあとが本当にきつい。

もうそんな思いをしなくていいのかと目頭が熱くなる。結依には感謝してもし足りない。

すぐにでも湯船に浸かりたいがその気持ちを我慢する。

軽く髪を濡らすとシャンプーを手に取る。いつもは半プッシュだが今日は贅沢に二倍のワンプッシュだ。

髪につけ泡立てる。とてもいい匂いで、何というか高級なシャンプーといった感じだ。

髪を洗い終えてボディーソープを手に取ろうとしたところで容器がもう一つあることに気づく。

「こ、これは!?」

リンスだ!

人生で一度も使ったことがない。シャンプーでも半プッシュが精一杯だった我が家にリンスなんてものを買う余裕など当然なかった。

「使ってみてもいいのだろうか……」

悩みに悩んだ結果、今日だけ使わせてもらうことにする。少しだけ手の平に取り、伸ばしてから髪の毛につける。少ないかと思ったがかなり伸びるので問題なかった。

髪に馴染ませ終わったところで流す。

「おぉ……」

たった一回しか使ってないのに、使う前と比べてかなりサラサラになっている。何度も髪を触ったり手櫛を通したりしてリンスの実力を堪能する。一通りリンスのすごさを実感したところで体を洗う。

綺麗に洗い終え準備が出来たところで、待ちに待ったお風呂に入る。

ゆっくりと湯船へと入ると、肩まで浸かったところで全身から力が抜ける。

「あぁ～」

おじさんみたいな声が自然と漏れ出す。

「きもちぃぃ～」

最高だ。

体から疲れが抜けていくような気がする。お風呂が大好きだという人の気持ちが痛いほどよく分かる。これだけ気持ち良いとなると温泉はもっとすごいのかもしれない。高望みし過ぎかもしれないが、もし入る機会があればぜひ入ってみたい。

とりあえず今はこの状況を満喫しようと思う。

「はぁ～」

気持ち良過ぎて体が溶けてしまいそうだし、なんだか眠くなってきた。瞼が閉じそうになるのを耐えながら今日一日の出来事を振り返る。

色々なことが起き過ぎて頭では理解しているつもりでも実感がないというのが正直な気持ちだ。

両親が借金を残して家からいなくなり、その借金を返すために結依に買われた。これまで住んでいた家から引っ越して、これからはこの家に住むことになった。

それだけじゃない。転校もすることになるらしい。

一生終わらないのではないかとさえ思っていた借金まみれの貧乏生活が突如終わり、今は優雅にお風呂に入っている。たった一日で俺を取り巻く状況が大きく変わってしまった。実感がわかないのも無理はないことのように思える。

たしかに戸惑いの気持ちがあるのは事実だけど、別に嫌なことばかりというわけではない。父さんと母さんがいなくなったのはさすがに驚いたが、手紙の内容を見れば元気そうだ。元気ならばそれでいい。

結依と再会してさらには一つ屋根の下で一緒に暮らすことになったのだ。美味しいご飯も食べられたし、お風呂にだって入ることが出来ている。こう考えればいいことの方が多い。だから結依の手を取る選択をしたのは間違いではないだろうし、後悔なんてしていない。

それに新しい生活は始まったばかりだ。これから楽しいことも刺激的なこともあるかもしれない。

結依との生活は俺にとって忘れることの出来ないかけがえのないものになる、そんな予感がする。

「ちょっと入り過ぎたかもしれない」

ぐるぐると考え事をしていたせいでかなり長い時間湯船に浸かり過ぎてしまった。少しだけ頭がボーっとする。立ち上がるとよろけてしまった。

転ばないように気をつけながらシャワーを浴びてから脱衣所に出る。脱衣所は涼しくて心地良い。

結依を待たせてしまっているから急がなくてはいけない。体を拭くためにタオルを探すがどこにも置かれていない。

まだ少しだけくらくらする頭であたりを見回していると勢い良く脱衣所の扉が開かれる。次の瞬間、タオルと俺の着替えを抱えて現れた結依と目が合う。

一瞬時間が止まったかのような感覚に襲われる。結依よりもわずかに先に俺が正気を取り戻す。

「うおぉ！」

のぼせ気味だったせいで少しだけ反応が遅れてしまったが、慌てて大事なところを手で隠す。

「ご、ごめんなさい！」

結依も手に持っていたものを全て床に落とし両手で目を覆い隠す。床にタオルと俺の着替えが散乱する。タイミング悪く着替えを持ってきてくれた結依と鉢合わせしてしまった。

「まだ出てないと思ってノックもせずに、本当にごめんなさい！」

「い、いや。俺の方こそ」

予想外の出来事にパニックになりお互い謝罪し合う。

とにかく体を隠そうとするが隠せるものがない。さすがに手では心もとないので結依の落としたタオルを手に取ろうとした瞬間、あることに気づいてしまう。

結依は手で顔を隠しているように見えて目の部分は隙間が空いており全く目隠しになっていない。わずかな隙間から見える目は若干血走っているように見える。

それどころか全身に結依の視線を感じる気がする。特に下半身に……。

いやいやいや！　結依がそんなことするわけがない。俺の勘違いに決まっている。目の部分に隙間が空いているのも急いで顔を隠したせいで、たまたま空いてしまっただけに違いない。

結依が脱衣所から一向に出ていく気配がないのも驚き過ぎて体が動かないからだろう。

このままの状況はお互いにとって良くない。今優先すべきなのはこの状態の打開だ。

声が上ずりそうになるのを必死に堪えながら冷静に心を落ち着けて結依へと話しかける。

「その……着替えたいから出ていってもらえると助かるんだが……」

俺の声を聞いた結依はハッとする。

「そ、そうですよね！　ご、ごめんなさい。失礼しました！」

ものすごい勢いで頭を下げると、一目散に脱衣所から出ていく。

そのあと何かにぶつかるような大きな音が聞こえたが、それを気にする余裕なんて俺には残されていなかった。見られて減るものではないと思うが、精神は大きく擦り減ったような気がする。

お風呂から出た時のちょっとした事件のせいで、少しの間気まずい雰囲気になってしまった。結依は俺の顔を見ると顔を真っ赤にして視線をそらすし、俺だって恥ずかし過ぎて死にそうだ。

穴があったら掘りたい。間違えた。穴があったら入りたいくらいだ。

こういうのは時間が解決してくれるみたいで、結依がお風呂から上がってくる頃には大分普段通りに戻っていた。

起きてしまったことはしょうがない。たしかに恥ずかしかったが、結依の方が見たくもないものを見せられてショックを受けたかもしれない。俺に出来ることはあの出来事は不慮の事故だったと片づけて出来るだけ普段通りに過ごすだけだ。

それが功を奏したのか夕食時には気まずい雰囲気はなくなっていた。

夕食は結依の手作りだった。非常に美味しく、こんなに美味しいものを食べたのは生まれて初めてだ。無我夢中で食べたので食べ過ぎてしまった。

将来のために料理の練習中らしい。俺はその味見役ということだ。将来のためだと言っていたので、もしかしたら結依は料理関連の仕事がしたいのかもしれない。

俺もバイト関連のおかげで少しだけ料理は出来るが、結依の作る料理の方が何倍も美味しい。今でも十分過ぎるほどの腕前なのではないかと思うが、今以上に上手くなりたいらしい。こんなに美味しい料理が食べられるならいくらでも味見が出来てしまう。

俺がこれまで食べた中で一番のご馳走は、クラスメイトの早乙女《さおとめ》に勉強を教える代わりにもらっていたお弁当だ。もちろん早乙女のお弁当もとても美味しかったが、やはり出来立てのあたたかいご飯の方が美味しく感じてしまう。

それにお腹いっぱいになるまで食べられたのは生まれて初めての経験だった。

あれ？　目から涙が……。

お腹一杯になるのがこんなにも幸せなことだとは思わなかった。人間の三大欲求の一つだというのも納得だ。

結依に買われる選択は間違いではなかった。さすが俺、マジで名采配だ。

しかも今日はお風呂にも入れたのだ。バスタブにお湯が張ってあることに感動してしまった。バスタブってただのオブジェではなかったんだな……お風呂最高！

怒涛の一日だったが、間違いなくこれまでの人生の中で一番贅沢な日だった。ところで、もう一日の終わりを迎えようとしている中、一つの問題にぶつかる。

「俺ってどこで寝ればいいんだ？」

午前中家の中を見て回ったが寝室は一つしかなかった。結依があそこで寝るだろうから俺はソファーで寝ればいいか。

俺はどこでも寝られる体だ。貧乏生活で手に入れた数少ない便利な能力の一つだろう。

これまでは布団を買うお金なんてなかったので床で寝ていた。正直ソファーでも贅沢過ぎると思う。

「雪くん」

振り返ると、結依が不思議そうな顔をしている。

「そこで何しているんですか？」

「えっと、寝る準備を……」

「ソファーですよ？」

「うん、贅沢だよな。ほら、こんなにも柔らかいし」

ソファーを手で押して柔らかさをアピールする。程良い柔らかさで寝心地が良さそうだ。

「……」

なぜか不満げな顔をされてしまった。床で寝た方がいいのだろうか？

「こっちに来てください！」

腕を掴まれるとぐいぐいと引っ張られる。

連れてこられた先はこの家で唯一ベッドのある部屋だ。つまり、結依の寝室だ。

「ここって結依の寝室だろ？」

「違います。私たちの寝室です」

「は？　いやいや、流石にそれは駄目だろ」

「なぜですか？」

「なぜって……」

一応思春期の男女なのだから色々とまずいだろ。

「ここで二人で寝るのは確定事項です。雪くんのことは私が買ったので拒否権はありません」

もしかして犬猫と一緒に寝る感覚なのか？

俺ってペット？

ぐいぐいと寝室の中へと連れてこられてしまった。

ベッドのすぐ近くまで来ると結依が俺の顔をじっと見つめる。

「少し待っていてください」

そう言って部屋を出ていってしまった。何が何だかよくわからないけど言われた通りに待つ。

しばらくして結依が戻ってくると手にはマグカップを持っている。

「ハーブティーです。気持ちも落ち着きますし、よく眠れますよ」

たしかに目が冴えてしまい眠れそうにないが……その原因は貴女ですよ？

結依は結依なりに俺の様子を見て心配してくれたのだろう。

「ありがとう」

マグカップを受け取り一口飲む。ハーブティーなんて高そうなもの初めて飲んだ。何というか……高級なお茶って感じだ。

全てを飲み終わる頃には落ち着いた気持ちになりリラックスすることが出来た。少し眠くなってきたような気がする。

ただお茶を飲んだだけなのにハーブティーってすごいな。

「それでは寝ましょうか」

結依に続いて大きなベッドへと横になる。二人が寝ても問題ないほどの大きさだ。

大丈夫、寝てしまえば問題ない。それにくっついて寝るわけではないので、離れて寝ればいいだけだ。この大きさなら十分距離をとれる。

ベッドは大きいだけではなくまるで包み込まれているように感じられるほどふかふかだ。硬くない場所で寝られることがこんなに楽だとは知らなかった。もう少しベッドの感触を楽しみたいが、あまり起きていると変に意識してしまう。

なるべく何も考えず、そして何も見ないように目を閉じる。念のため結依に背を向けて寝る。

もぞもぞと結依が動くのがベッドを通じて伝わってくる。結依の手がそっと肩に触れると、反対側を向いていた俺の向きを変える。結依と向き合うようなかたちとなり、目の前には結依の顔がある。どうしたらいいのか分からず、しばらくの間結依と見つめ合う。すると頭にゆっくりと手が添えられ、そのまま結依の方へ引き寄せられる。

「おっ、おい!?」

俺の頭は結依に抱きしめられて、その大きな胸に顔をうずめてしまった。

柔らかいものに包まれ鼻腔をくすぐる甘い香りで脳がとろけそうになる。

結依の手がそっと頭を撫でる。優しい手つきに身を任せる。

「雪くん……これまでよく頑張りましたね」

透き通るような綺麗な声がすっと胸の中に入り込んでくる。その言葉を聞いた瞬間に体の力が一気に抜ける。

その優しげな声に耳を傾ける。

「もう無理しなくても大丈夫です。頑張り過ぎなくてもいいんです。私がついていますから」

結依の言葉が染み渡る。あたたかな体温にわずかに聞こえる鼓動の音が心地良い。

「あ、あれ？」

目から涙が流れる。悲しくなんてないはずなのに止まらない。これまでの生活が辛いと感じたり境遇を恨んだことなんてなかった。それなのにどんどん涙が流れ落ちる。理由の分からない涙のせいで視界がぼやけ、鼻の奥がジーンと熱くなる。

「うっ……っ…」

俺は結依の胸に顔を押しつけるように強く抱きしめる。一度流れ出した涙は止まらない。何か張り詰めたものが切れたような感じだ。

ずっと頑張らないといけないと思って生きてきた。バイトも勉強も……。

自分のために……家族のために……。

「大丈夫……大丈夫です……今は私がいます」

そっと抱きしめてくれる。声を押し殺して涙を流し続けた俺はいつのまにか泣き疲れて寝てしまった。

俺が寝てしまうまでの間ずっと結依の優しさを肌で感じていた。

転校前にみんなと過ごす日々、そして刺激的な夢？

目を覚ますと広いベッドで俺一人寝ていた。時計を見ると七時を少し過ぎている。

ボーッとしていた頭がだんだんと覚醒していき、昨日の出来事を鮮明に思い出す。

みっともなく泣き、まるで子供のように泣き疲れて寝てしまった。しかも、久しぶりに再会した初恋相手の胸の中でだ。

あまりの恥ずかしさで頭を抱える。羞恥で今すぐにでも叫び出してしまいそうになるのを必死に抑え込む。

いくら何でもあれはないだろっ。

自分でもなんで泣いたのか分からない。次から次へと涙が止まらなかったのだ。

結依の言葉がすっと胸に染み渡るようなそんな感じ。安心したというのが一番当てはまるだろう。

新たに生まれた黒歴史に悶えていると扉が開く。

「あ、おはようございます」

「お、おはよう」

結依の顔を見ると昨日の出来事を思い出してしまい、気恥ずかしさから視線を逸らす。顔が熱い。きっと真っ赤になっているに違いない。

こっちは死にそうなほど恥ずかしいのに結依は何もなかったかのように平然としている。綺麗な笑顔をこちらに向けて昨日のような優しい声で話しかけてくる。

「朝ごはんが出来たので起こしに来ました」

「そうか、ありがとう。ちょうど起きたところだ」

「それは良かったです。顔を洗ってきてください。あと、その可愛い寝癖も直してきてくださいね」

頭を触ると髪の毛が跳ねているのが分かる。

部屋を出ていく結依の姿を目で追い、姿が見えなくなったところで慌ててベッドから起き上がる。待たせてはいけないと思い、急いで身支度を整えリビングへと向かう。少しばかり寝癖を直すのに手間取ってしまった。

テーブルの上には豪勢な料理が並んでいる。

パンに目玉焼きだと!?　味噌汁まであるじゃないか!?

「朝から豪勢だな」

「ふふっ、そうですね」

優しげに笑うと椅子に座る。

「今週は転校までの準備をしてもらいます。と言っても、ほとんどいつも通り学校生活を送ってもらうだけですけど」

まぁ、転校するといっても俺は特に何もすることがない。ほとんど結依のお父さんが手配してくれているようだ。どうやら俺が今通っている学校にはすでに話が伝えられていて、転校先の桜聖学園では編入試験の日程が決まっているくらいには話が進んでいるようだ。

俺に出来ることといったら編入試験に合格することと、友人や教師にちゃんと挨拶をすることくらいだ。

「あと、これを」

机の上に一つの板状のものを置く。

これはさすがに知っているぞ！　スマートフォンというやつだ。俺以外の奴はほとんど持っている。俺以外の周りのみんなが持っているせいでかなり肩身の狭い思いをしてきた。

たまにだがスマートフォンを持っていない人がバイト先とかでいるがあれは罠だ。持っていない者同士仲間だと思って嬉しくなるが、話を聞くとガラケーを持っているのだ。裏切られた気持ちになる。

俺はガラケーすら持っていないのに……。

「これは雪くんのものです。持っていませんでしたよね？」

「あ、あぁ……」

スマートフォンは食べられないからな。優先度はかなり低い。優先度が高いのは食費など生活に直結するものだ。

渡されたスマートフォンを恐る恐る受け取る。

「使い方とかよく分からないんだけど……」

「簡単な操作は車の中で教えますね。そのほかの機能は学校から帰ってきてからにしましょう」

「助かるよ」

初めて扱うスマートフォンにテンションが上がってしまう。一度使ってみたかったのだ！

朝食を食べ終え俺たちは学校へと向かう。

途中まで車で送ってもらい、そこで電話のかけ方やメッセージアプリの使い方を教えてもらった。

「それじゃあ、またあとで」

「はい、またあとで」

リムジンに乗って学校の前まで行く勇気はなく、学校の少し前で降ろしてもらった。間違いなく目立つし色々とめんどうくさいことになりそうだ。

所々に俺の現在の学校の生徒の姿がある。

あと数回しか通学しないと考えると少し寂しい。どうせなら楽しんでおこうと思う。

学校に着くと、何も変わらずいつも通りに過ごす。

俺のクラスは四十人で構成されている特進と言われる少し特別なクラスだ。入試の段階で上位の者がこのクラスに割り振られる。カリキュラムが普通のクラスの人たちと違うので三年間クラス替えがない。だから卒業する頃にはかなり仲良くなることが出来ると先生たちや先輩たちが言っていた。

勉強も出来るしいい奴らばかりだ。一年間一緒にいたおかげで、かなり仲良くなったと思う。俺の家が貧乏であることを変にからかったりしないし、お弁当を分けてくれる人もいる。

高校三年間ずっと同じクラスだと思っていたのだが、まさか転校することになるなんて考えてもみなかったな。本当ならばあと二年間同じクラスで学校生活を送るはずだった。その二年間でクラスのみんなと今以上に仲良くなれたのかもしれないと思うと、やっぱり寂しいという気持ちになる。

そんなことを考えながら過ごしているとあっという間に一日が終わり放課後になる。

ホームルームの終わりに担任の鈴木《すずき》先生がこちらに視線を向ける。

「みんなに一つ報告がある。一ノ瀬のことだ」

鈴木先生の口から俺の名前が出ると、クラスの何人かがチラチラと俺のことを見る。

「なんだ？　また何かで賞を取ったのか？」

「この前も表彰されていたよね」

「感想文だっけ？」

「違うよ、何かの絵の賞だよ」

「いやいや、その両方だから」

「やっぱり一ノ瀬君はすごいね」

「ちょっとでいいからその才能を分けてほしいくらい」

「今度は何かな？」

クラスのみんなが近くの人とこそこそと話している。少しだけ耳に入ってしまったが、みんなの予想は大きく外れている。どうやら何か表彰を受けたと思ってくれているようだが、その期待には応えることが出来ない。

これから鈴木先生の話す内容を知っている身としては何だか申し訳なくなってくる。

クラスの様子が落ち着いたところでゆっくりと口を開く。

「今週で一ノ瀬は転校することになった」

クラス中が一瞬静まりかえったあと、みんながざわめき出す。転校の話が突然出たら驚くだろう。正直な話をすれば、転校する俺自身がこの急展開に追いつけていない感がある。

「本当ですか先生!?」

予想していなかった内容に驚いたのか、一人の生徒が確認のために訊ねる。しかしその内容は変わることはなかった。

「急に決まったことで私も驚いている。詳しいことはこのあと、本人に聞いてくれ」

そう言い残すと教室を出ていく。それと同時に俺の席の周りにクラスメイトたちが集まってくる。机にぶつかりそうになる勢いで来るものまでいる。

「おい、一ノ瀬っ！　さっきの鈴木先生の話本当なのかよ!?　いきなり転校だなんていったいどうしたんだよ！」

「これにはいろいろわけがあって……」

周りの勢いに気圧され気味になってしまう。心配してくれているのは嬉しいがもう少し落ち着いてほしい。

「学費が払えなくなったとかか？」

正直その線が一番高いと思うが違う。

「いや……そもそも俺は特待生だから学費は免除されているから」

「そ、そうか。もしかして危ない金に手を出してそのために働かなきゃいけないのか？」

それ、転校じゃなくて学校辞めないとダメじゃない？　それどころか人生を辞める可能性もある。

みんな心配してくれているみたいだが、どういうわけかそっちの方面の心配ばかりされてしまった。その後も臓器を売らなくちゃいけないのか？　なんて言われた。割と冗談で終わらない状況になっていた。

転校という話から学校を辞める勢いになっているような気がする。

近くにいた別の男子生徒がポツリと呟く。

「もしかして、身売り……？」

「そんなわけ……」

反射的に否定しそうになったが改めてよく考える。結依に買われたのだからあながち間違いではないのかもしれない。

「お、おい!? いきなり黙るなよ! まさか本当に身売りなのかよ!?」

クラスのみんなの表情が変わる。なぜか辛そうな表情をしている。下唇を噛んで俯く人や、口元を押さえて涙を流している人までいる。

俺が少し言いよどんだせいでおかしいな空気になってしまった。何とかこの空気を変えるために冗談っぽく言う。

「まぁ、買われた身だから否定は出来ないなって思って……」

青ざめた顔で一番近くにいたクラスメイトが俺の肩を掴むとガクガク揺らしてくる。全く効果がないどころか逆効果だったかもしれない。

「おい、本当に大丈夫なのかよ!?」

「あぁ、大丈夫だよ」

安心させるように微笑む。たしかに買われた身だが、結依には良くしてもらっている。何も心配はいらないのだ。

肩に手を置いていた男子生徒の力が強まり若干痛い。それとなぜだか女子生徒の一人が俺の手を優しく握り、辛そうな表情をしている。

状況がいまいち飲み込めないまま言葉をつなげる。

「いい人だから心配しなくて平気だ」

結依がいい人だということを伝えればきっとみんなも安心してくれるだろう。

「雪哉……お前……」

俺の言葉を聞いて俯き、さっきまで騒いでいた連中が一気に静かになる。どうやら安心してくれたようでほっとする。

静かになったところで一人の女子が口を開く。

「転校先はどこなの？」

「桜聖学園だ」

「えぇ!?　そこって、すごいお金持ちの家しか通えない学校じゃなかったっけ？」

「そうなんだけど通うことになったんだ。まだ編入試験を受けていないから確定事項じゃないけどな」

「一ノ瀬君なら合格間違いないと思うよ」

「だといいんだけどな」

遠くでは何人かがこそこそ何か話しているのが見える。

「やっぱり自分が買った子のことをいい学校で卒業させたいものなのかな？」

「ブランド的な意味合いがあるのかもしれないよ」

「そうなんだ……一ノ瀬君、可哀想だね。私たちに出来ることないのかな……」

周りが騒がしいせいと声が小さいのも相まって何を言っているのか全く聞こえない。なぜか同情の視線が送られてくる。

そのあとも質問攻めに合う。今どこに住んでいるのか、辛いことはないか、など色々だ。結依に迷惑にならない程度で応えられることは応える。とは言うものの俺自身知っていることは多くない。昨日今日の話なのだから仕方ないと思う。

一通り話し終えたところで最後にみんなと連絡先を交換する。俺がスマートフォンを持っていることにかなり驚いていた。少しだけ自慢げにスマートフォンを見せる。

まぁ、みんな持っているんですけどね。

これだけみんなに色々と気にかけてもらえて胸が温かくなり、残りの学校生活を大切にしようと思った。

◆◆◆鈴木視点

職員室。

雪哉の担任である鈴木は考え事をしていた。いきなり転校が決まった雪哉のことだった。

彼の家が経済的にかなり厳しいということは知っていた。今回の転校も何かわけがあるのではないかと話を聞いたすぐの時は心配してしまったほどだ。

今ではある程度理由を聞かされた状態なので落ち着きを取り戻している。

そんな鈴木の元に一人の教師が近づいてくる。

「鈴木先生、一ノ瀬君の話聞きましたよ。転校するんですって？」

そう問いかけてきたのは数学の担当教師の佐々木《ささき》だ。

「はい、いきなりのことで驚きました」

「私も驚いちゃいましたよ」

鈴木と佐々木の会話に一人の女性教師も加わる。国語の担当教師の斎藤《さいとう》だ。

「大丈夫なんですか？」

斎藤の問いかけは鈴木と同様、雪哉の家が貧乏であることから来る心配だろう。

「はい、大丈夫みたいです」

「それならいいのですが……」

三人で会話をしているとさらに二人の教師が集まってくる。

「もしかして、一ノ瀬君の話ですか？」

英語の担当教師の篠原《しのはら》が問いかける。

「よく分かりましたね。ちょうど一ノ瀬の話をしていたところです」

「私も一ノ瀬君の話をしようと思っていたところでしてね」

隣では化学の担当教師の今村《いまむら》も頷いている。

鈴木は物理を担当していた。そのことを踏まえると、ここには雪哉の授業を受け持っていた、全ての科目の教師たちが勢揃いしていることになる。

職員室であっても、会議でも何でもない状況でこれだけの教師が集まり、話をするのは珍しい。しかも、たった一人の生徒のことで集まっている。

「いきなり転校なんて聞いて驚いちゃいましたよ」

「本当ですよね」

どの教師も心配して集まってきた。雪哉の心配はいらないことが分かると、皆ホッとしたような表情になる。

佐々木がふと思い出したかのように鈴木に尋ねる。

「そう言えば、あの噂は本当ですか？」

「噂ですか？」

「何でも今回の一ノ瀬君の転校にはあの姫野社長が関係しているって話です」

「それ！　私も聞きましたよ。校長室に入っていくのを見た先生がいるって」

佐々木に続いて篠原も自分の知っていることを口にする。

「担任の鈴木先生なら何か知っているのではないかと思いましてね」

鈴木は佐々木の問いに困ったような表情になる。

「私の口から言えることは何も……すみません」

佐々木は鈴木の言葉を聞いてあっさりと引き下がる。

「そうですよね。こちらこそ答えづらいことも聞いてしまってすみません」

「いえ。佐々木先生も一ノ瀬のことが心配でしょうから」

「教え子ですからね。まぁ、一ノ瀬君が大丈夫そうならそれで十分ですよ」

噂の件についてはひと段落したが話は続いていき今度は雪哉の転校先へと話題が移る。

「それにしても転校先が桜聖学園だなんて……」

「こう言ってはあれですけど、彼とは無縁の学校だと思っていました」

「ははっ、私もですよ」

「まぁ、彼だけではなくこの学校にいるほとんどの生徒が無縁でしょうけど」

桜聖学園は学力だけではなく、それなりのお金も必要となってくる。学力もかなりレベルが高い。日本を引っ張っていくと期待されるような子供たちが通うほどなのだから当然と言えるだろう。

「あそこの編入試験はかなり難しいと聞いたことがあるのですけど、一ノ瀬君はもう受けたんですか？」

「まだみたいです。今週末に受けるようです」

「そうなのですか？　てっきり私は、転校が決まっているから合格したのだと思っていました」

「私もです。もっともあいつなら受かると思いますけどね」

担任の鈴木の言葉を聞いても誰も否定しない。それどころか雪哉なら受かるだろうと教師全員が確信めいたものまで感じている。

「たしかに彼なら問題ないでしょうね。彼が落ちるようなことがあれば誰も受からないですよ」

大袈裟に言っているように聞こえるが決して冗談ではない。

学校の定期試験は平均点を考慮して作られていたり、生徒に良い点数を取ってほしいという教師の思いから試験問題の出題場所を少し教えたりすることもある。雪哉は全国模試などは家庭の事情から受けることが出来なかった。そのため雪哉の学力を正確に測る機会は限られていた。それでも雪哉の学力の高さは教師全員が認めるほどだ。

雪哉は特進クラスの中でも頭ひとつ分――いや、二つ分三つ分は飛び抜けている。もしかしたらそれ以上かもしれない。

「彼の学力のレベルは非常に高いですものね。少し悪い言い方をするのであれば異常です。本人はあまり自覚していないようですけど」

一ノ瀬雪哉は天才だ。努力型の天才だ。

もともと持って生まれた地頭の良さも勿論ある。だが、それ以上に彼の厳しい生活状況から、並の高校生をはるかに凌駕する努力をしていることは明らかだった。勉強量やそこにかける集中力と熱量は他の生徒たちの比ではない。

彼の学力がここまで伸びたのは彼の家庭が貧しかったことが少なからず関係しているのは皮肉な話だ。学力が上昇したことは貧乏だったことの数少ない利点かもしれない。

「いやぁ、彼が転校してしまうのは教師的にもかなりショックですね」

そんなことを言う佐々木に対して斎藤が疑問の声を上げる。

「どういう意味ですか？」

「彼に勉強を教えるのはすごく楽しいですからね。こちらが教えたことを笑っちゃうくらいに吸収してくれますから」

斎藤のように佐々木の発言の意味が分かっていなかった他の教師たちも納得したような顔になる。

「かなりレベルが高いことでもどんどん吸収してくれるので、楽しくなっちゃうんですよね」

「そうそう、楽しくなってしまった結果どんどん先に進んでしまって、高校生に教える範囲を超えてしまうんですよ。しかもそれを一ノ瀬君は理解するから恐ろしい」

そもそも教えることが嫌いな者は教師にならないだろう。

そんな彼らの前に、教えがいのある生徒がいたら面白くて仕方がないに決まっている。

先ほどまでとは違い少し参ってしまったような声を出す佐々木。

「時々こちらが困ってしまうような鋭い質問をしてくることもあって内心ヒヤリとすることもあるんですがね」

「私もありましたよ！　勉強不足だったと反省させられました」

「でも結局は、どこまで理解してくれるのか好奇心を刺激されてしまって、ついつい教え過ぎてしまうんですよね」

「ははっ私もですよ」

「僕なんて、自腹で彼専用に教材を購入したりしちゃいましたよ。あげちゃうと問題になりますから貸し出しってかたちにしていますが」

「考えることは同じみたいですね」

いったいどこまで理解してくれるのか興味を刺激された教師たちが教え過ぎてしまうことは火を見るより明らかだ。

全ての教師が同じようなことをしていた。これだけ手を尽くしてくれるのは偏に雪哉の人柄だろう。

彼が努力をしていたのはここにいる教師全ての共通の認識だ。

しかも並の努力ではない。おまけに勉強だけではなく借金を返すためにバイトまでしている。それがいかに大変なことなのかは同じ学生を経験し、社会人として働いている教師陣は理解している。

少しでも力になりたいと思うのは自然なことだった。

家が貧乏であることを知っていたからこそ、教材くらいなら買ってやる！　という教師がほとんどだった。

雪哉は教師にも恵まれた生徒だった。

「少しやり過ぎてしまったかもしれないと、反省していますがね……」

佐々木がばつが悪そうに頬を掻きながら言う。

「と、言いますと？」

「実はすでに高校三年間分の勉強を教えてしまったんですよね。それどころか単元によっては大学の知識なんかを混ぜたりして……」

「はは、自分もですよ。一ノ瀬君の頭の回転の速さは凄まじいですよね。広く深く学習することが出来る生徒なんてそうそういませんよ」

自分が担当していない科目の進捗状況はそれぞれ知らなかった。そんな中、自分だけではなく他の教師も自分と同じことをやっていたみたいなのだと知って驚く半面、納得をしている。

「あれだけ勉強が出来ても、鼻にかけないですよね。そういった彼の性格の良さが人望につながっているんでしょうね」

「そうですね……」

担任の鈴木はこの中で誰よりも一ノ瀬のことを見てきたからこそしみじみ思う。彼の周りには自然と人が集まってくるのだ。それは教師だけに限った話ではない。クラスメイトたちもそうだ。

「彼には転校先でも頑張って貰いたいものですね。きっと彼なら大丈夫だと思いますが。おっと、話し過ぎてしまいました。これから部活の方に顔を出さないといけないので、私はこれで」

腕時計で時間を確認した佐々木は急いで職員室を出ていく。それにあわせて他の教師たちもそれぞれやるべきことへと動き出す。

残された鈴木は雪哉のことを思いながら転校の手続きを始めた。

◆◆◆結依視点

学校が終わり、私はいち早く雪くんと生活することになったお家に帰ってきた。

雪くんは帰ってきていないので今この家にいるのは私一人だけだ。私専属のお世話係である沙希さんが雪くんの迎えに行っている。

沙希さんは私が小学生の頃からお世話をしてくれている人だ。かなり長い間一緒にいるし仲も良い。私にとってはお姉さんのような存在だ。

そんな沙希さんが雪くんを連れて帰ってくるのを待つ。

自室で制服を脱ぎ、それから私服へと着替えた私は雪くんの部屋へと向かう。

そこには私が用意した雪くんの寝巻きが置いてある。雪くんは家が貧しいため洋服をほとんど持っていなかった。当然寝巻きも持っていなかった。

雪くんに似合うと思って買った淡い水色の柄のボタンで止めるタイプの寝巻きだ。とてもよく似合っていたと思う。

寝巻き姿の雪くんは本当に可愛かったです！

綺麗に畳まれた状態の寝巻きをそっと手に取る。別に悪いことをしているわけではないのに周りが気になってしまう。誰もいないことを改めて確認すると手に持っていた雪くんの寝間着を顔に押し当て、大きく息を吸い込む。一度しか着ていないけど雪くんの匂いがする。とても安心出来る懐かしくて温かくて優しい匂い。

「はぁ……」

思わず小さく声が漏れ出る。雪くんが帰ってくるのはもう少しだけあとになるだろう。それまでの辛抱だ。

本当は沙希さんと一緒にお迎えに行きたかったが、雪くんの迷惑になるかと思い我慢した。おとなしく待っているのだからこれくらいのことは許してほしい。本当は直接雪くん成分を吸収したいくらいなのだ。

もう一度大きく息を吸う。雪くんの匂いで頭がほわほわしてくる。

「雪くん……」

私の小さな呟きはだれもいない雪くんの部屋に消えていく。

一ノ瀬雪哉。私の想い人で恩人で、とても大切な人。

今の私があるのは雪くんのおかげだと思う。

私が幼稚園生の頃、お母さんは大きな病気にかかり入院してしまった。

当時はずっと泣いていた。お母さんの容態について詳しいことは何も分からなかったがお母さんが大変な状況だということは何となく分かった。どこか遠くに行ってしまうような恐怖に襲われたのを今でもよく覚えている。悲しくて、寂しくて、心が張り裂けてしまいそうだった。

お母さんが病気になってしまったことは当時の私にはとても大きな傷となり、心に大きな穴がぽっかり開いてしまった。その上にお父さんは仕事が忙しく、一人ぼっちで家にいることが多かった。それが私の心に更なる影を落とした。楽しいことなんて何もない色褪せた日々の始まりだった。

幼稚園でも独りぼっちだった。もともと引っ込み思案な性格なので周りの人たちと上手くいかなかった。喋る相手もいなく、他のみんなが仲良く遊んでいるのを隅っこで見ている時間が多かった。きっと私が突然消えたとしても誰一人として気づかなかっただろう。

お母さんが入院することになった頃、幼稚園では私に対するいじめが始まった。突き飛ばされたり面と向かってひどいことを言われた。無視をされたりこっちを見て笑われたり、おもちゃや泥、虫なんかを投げつけられることもあった。

最初は女の子たちだけだったけど、男の子たちまでも一緒になって私をいじめるようになった。女の子たちのいじめに比べたらたいしたことなかった。もしかしたら遊びの延長線上だったのかもしれない。でもそんなことは関係なかった。私が受けた苦しみは同じだった。

ここにお前の居場所はない、そう言われているような気がした。

どんなにいじめが辛かったとしても、いじめのことはお母さんに心配かけたくなかったから誰にも言えなかった。

耐えるしかなかった。きっとこのことを知ったらお母さんが悲しむ。

苦しくて、悲しくて、怖くて……心がぐちゃぐちゃになってしまい笑い方を忘れてしまった。世界が薄暗いもののように感じられた。まるで白黒の世界のようだった。

どこにも私の居場所なんてない。家でも幼稚園にいても私は独りぼっちだった。

代わり映えのない無機質な一日が過ぎていく。相変わらずいじめは続いていた。飽きもせず毎日毎日——。

でも、ある日一人の男の子が私のことを庇ってくれた。違うクラスの名前も知らない男の子。

私をいじめっ子から守るように前に立ってくれた。しばらく言い合いの喧嘩が続いたあと先生が割って入りその場は落ち着いた。

その男の子が私を守ってくれた。でも……私に手を差し伸べてくれた人の手を私は取らなかった。拒絶した。人と関わることが怖くなっていた。

でもその日を境にその男の子、雪くんはそばにいてくれるようになった。

いじめはすぐになくなることなんてなかったが、そのあとも何度も私のことを助けてくれた。彼の手を拒んだ私にずっと手を差し伸べ続けてくれた。

一緒に遊ぼうと誘ってくれるようになった。私が一人でいると近くにいてくれるようになった。私が独りぼっちにならないように何も言わずそばにいてくれた。

最初は拒絶していた私も彼と一緒にいる時間が心地良く、掛け替えのないものになっていた。

クラスが違うのでずっと一緒にいることは出来なかったけれど、彼と過ごす時間は心の支えになっていた。会うのが楽しみで仕方がなかった。

ぽっかりと開いた心の穴を彼が埋めてくれる気がした。

いつからか彼と喋るようになり、一緒に遊ぶようになった。

世界が色づいた。笑い方も思い出せた。私は独りぼっちなんかじゃないと思うことが出来たし、毎日が楽しくて仕方がなかった。

彼のいるところが私の居場所なんだといつしか思うようになっていた。

私の暗い世界は、一ノ瀬雪哉という大きな太陽で照らされたのだ。彼と過ごす時間は私にとって大切なものだった。

私がそんな彼に惹かれて恋に落ちるのは時間の問題だった。

一緒にいると心が温かくなる。もっと彼の笑顔を見たいし、一緒にいたいと願うようになった。一日中私の頭の中には雪くんがいた。私の初恋だった。そして彼以上に好きになる人なんてこれから先現れることなんてないと確信していた。実際その通りだと今でも思っている。

彼と過ごす楽しい日々。いつまでもこんな日々が続くと思っていたが、終わりは突然訪れた。

小学校に入学して少し経った頃にお母さんの容態が急変しそのまま帰らぬ人となった。

せめてもの救いは、お母さんとの別れの時を家族そろって迎えられたことだ。いつも仕事ばかりで家にいないお父さんもお母さんの最期に間に合うことが出来た。

それでも大好きだったお母さんの死は私の心を深く抉った。そのことが原因で学校を休んでしまった。

悲しくて、悲しくて泣き続けた。夜も寝ることが出来ずに、ずっとずっと泣いていた。やっとの思いで寝る時は必ずと言っていいほど泣き疲れてだった。

泣けば泣くほどにお母さんとの楽しい日々を思い出してしまった。永遠とも思える悲しみの中でいつしか『お母さんと一緒の場所に行きたい』そんなことを漠然と思うようになっていた。

それでもお母さんの死を乗り越えることが出来たのは、私の暗くすさんだ心の中に消えることのない大きな太陽があったからだ。

雪くんと過ごした温かい時間が私を支えてくれたのだ。雪くんに会いたいという思いといつまでも泣いていたら大好きなお母さんを困らせてしまうからと再び学校に行くようになった。

お母さんの死から数カ月が経った頃だった。

少しずつだけれども日常に戻ることが出来る、そしてお母さんにも安心してもらえると思い始めたそんな矢先にお父さんの仕事の都合で転校することになった。

やっと前に進めると思ったのに……神様はなんて残酷なことをするのだろうと思った。

これまでは周りに心配かけたくないという思いから自分の気持ちを抑え込んでいたが、二度も大切な人と離れ離れになりたくない、そんな思いから初めてお父さんに自分の気持ちをさらけ出した。

でも、子供の意見なんてちっぽけなものだ。結局転校することになってしまった。

雪くんと会えなくなることが嫌で嫌でしかたがなかった。それだけ雪くんの存在が私の中で大きなものだった。

また私は泣いてしまった。そんなある日、鏡を見るとそこには、泣きはらしたみっともない顔をした弱い私の姿が映っていた。それを見た時に気づいた。雪くんに助けてもらってばかり……恥ずかしい。

私が雪くんに恋心を抱いていたのは紛れもない事実だったが、それと同じくらい彼に依存していたのだ。その姿は雪くんの隣を歩くのに相応しくないと思った。

このままだと雪くんがどこか手の届かないところに行ってしまうのではないかという恐怖に襲われた。

もう置いていかれたくない！

いつまでも泣いていたら駄目だ。私は涙を拭き取り決意した。雪くんの隣に胸を張って立てるような人になると……。

転校する日。私は笑顔で雪くんにお別れを言うことが出来た。これは私の決意の表れだったし意地でもあった。

これが一生の別れではない。必ず雪くんに相応しい人になってもう一度会いに来ると心の中で誓った。

その日から私の努力の日々が始まった。

身嗜みに気をつけるようになった。雪くんに可愛いと思ってもらいたかったし、何より格好良い雪くんに見合う人になりたかった。

自分の引っ込み思案な性格を変える努力もしたし、勉強だって手を抜かない。全ては雪くんの隣に立つためだった。

たったそれだけのことでどんなに辛いことでも乗り越えられるような気がした。恋する乙女は無敵なのだ。

お父さんの会社も一気に大きくなり、私の生活は豊かになった。ちょっとだけずるいやり方だったけど、お金の力を使って雪くんのことを調べた。

相変わらず雪くんは素敵な人だということが分かって嬉しかった。

私は努力を続けて名門と言われる桜聖学園に入学することが出来た。入学から一年ほど経ち、運命の日が訪れた。

雪くんと離れ離れになってから九年。ようやく雪くんと再会する日。

大きく深呼吸をし、震える手を抑えて雪くんの家の扉を叩く。そして目の前に現れた雪くん。

この日をどれだけ待ち望んだことだろうか……。

心臓の鼓動が大きくなっているのが分かった。顔が熱くなり、涙がこぼれそうになってしまった。

それから私は雪くんと契約を結んだ。待ちに待った久しぶりの再会で舞い上がってしまい色々と暴走してしまった結果、私に買われませんか、なんて言ってしまった。

雪くんへの想いは、会わなかった数年で大きく成長していた。大好きで、誰にも渡したくなくて、雪くんの全部が欲しいと思ってしまった。

想いが大き過ぎるせいで、少しだけ歪んでしまったのかもしれない。そんな想いから出てしまった発言だった。

でも、そんな私の提案を受け入れてくれた。

まさか、雪くんへの想いに酔いながら書いた『雪くん一人占め大作戦』の契約書が役に立つなんて思いもよらなかった。

本当は私の専属の付き人として雇うつもりだった。そのための契約書もちゃんと用意していたけど、今となっては必要ないので捨ててしまった。

その日、私の暴走はそれだけでは終わらなかった。雪くんと暮らす新しいお家に着くと、これから同棲が始まるのだと思うと興奮が抑えきれなかった。

　上がったテンションで私は、雪くんにハグを求めた。数年ぶりの生の雪くんだ。我慢出来るはずがない。

　雪くんとのハグはまるで夢のような時間だった。雪くんの匂いに包まれ、体温が伝わってくる。

　私の速くなった鼓動が聞こえてしまったかもしれない。

　今思い出すだけでも体が熱くなる。あの時は本当にギリギリだった。あれ以上長い時間ハグを続けていたら、私の理性が崩壊して彼を襲っていたかもしれない。

　そして夜。私の胸で泣く雪くんは愛おしく、母性本能を大きく揺さぶられた。

　昔は守ってもらってばかりだったけど、今は雪くんの支えになれているということが何よりも嬉しかったし誇らしかった。雪くんが弱さを見せてくれるくらいには強くなれたのだと思えたからだ。これまでの努力が報われた気持ちだった。

　久しぶりに雪くんと再会して、改めて自分は雪くんのことが好きで好きでたまらないのだと実感することが出来た。

　これから二人の生活が始まるのだと思うと頬が緩んでしまうし、体が熱くなってしまう。

「……雪くん……好きです……大好きです。ずっと一緒にいたいです」

　私の雪くんへの想いがこもった呟きは誰にも拾われることなく消えていく。

　ちょうどその時、外で車の音がした。雪くんが帰ってきたのだろう。

ずっと抱きしめていた雪くんのパジャマを綺麗に畳む。実際に待っていた時間はあまり長くはないが、何時間も待っていたような気がする。軽い足取りで玄関に雪くんを迎えに行く。

これからは離れ離れになることなく、死がふたりを分かつまでずっと一緒にいられることを願いながら想い人のもとへと急いだ。

◆◆◆

学校が終わり登校の時に車から降ろしてもらった場所に行くと、迎えのリムジンが止まっていた。

運転手は朝と同じ橘さんだ。スーツを着こなした姿は男の俺から見ても格好いい。

会って間もないということもあり恐る恐る車へと近づく。車で迎えに来てもらうことなんてこれまで一度もなかったので、本当に俺を迎えに来たのか不安になってしまう。

車の中にいた橘さんがタイミングを見計らって出てくる。

「お待ちしておりました。雪哉様」

どうやら間違っていなかったようだ。まぁ、結依が橘さんに俺の迎えを頼んでおいたという連絡が来ていたので当然だけれども……。

「ありがとうございます。……えっと、結依のお迎えはいいんですか？」

「既に結依様はご自宅の方で雪哉様のお帰りをお待ちしております」

「そ、そうですか……あの……様づけはやめて貰えないでしょうか？　違和感がすごいので……」

「分かりました。雪哉さんと呼ばせていただきます」

「はい、お願いします」

本当は呼び捨てでもいいくらいだ。

「あまり長い時間結依様を待たせると叱られてしまうので帰りましょう。お乗りください」

そう言ってドアを開けてくれる。

「ありがとうございます」

迷惑になってしまわないように素早く乗り込む。

相変わらず信じられないほど広い車内。この中で生活出来るのではないかと思ってしまう。

まだ二回目なので緊張して背筋が伸びてしまう。

車が動き出し、しばらくすると結依と暮らし始めた家に到着した。これまでのボロアパートではないことが不思議な感じだ。

橘さんにドアを開けてもらい車から外へ出て、家の中へと入る。

するると、先に帰ってきていた結依が小走りで近づいてくる。すごい笑顔だ。

「おかえりなさい！」

「ただいま」

「つ!?　おかえりなさい！」

なぜか二回もおかえりなさい、と言われてしまった。ものすごく嬉しそうにしている。

「朝、約束した通りスマートフォンの使い方を教えますね。その前に部屋着に着替えてきてください」

結依はすでに制服から部屋着に着替えている。

「分かった」

俺の部屋に用意してくれているらしいのでそこへと向かう。自分の部屋があることが今でも信じられない。はじめ俺の部屋があると聞いた時は耳を疑った。ひそかに自分の部屋を持つことに憧れがあったのですごく嬉しい。

自室に入ると、綺麗に畳まれた寝巻きの近くに部屋着が用意されている。

部屋着というものがあることが不思議でしょうがない。なんで家の中と外で服を分けるのだろうか？

以前までは、ほとんど制服かジャージしか着ていなかった。わざわざ室内用の服を用意する余裕なんてなかったのだ。

部屋着を手に取る。これが上流階級の常識か……。

結依の用意してくれた服はラフな感じでとても着心地がいい。

手早く着替えると結依の元へと向かう。

「お待たせ」

「いえ、大丈夫ですよ。そのお洋服、とっても似合っていますよ」

「ありがとう。その……結依も似合っていると思うぞ」

「ふふ、ありがとうございます」

女の子には言葉にしてちゃんと褒めるようにと以前働いていた職場で言われたが、予想以上に恥ずかしくなってしまい視線を逸らす。

「早速スマートフォンの使い方を教えますので、こちらに来てください」

結依はソファーに座ると、ぽんぽんと横を叩く。

素直に結依の隣に腰を下ろす。するとこちらとの距離を詰めるように座りなおす。肩と肩が触れ体温が伝わってくる。

少しドキドキしながら説明を受ける。

信じられないほどたくさんのことが出来るようだ。街中でスマートフォンばかり見ている人がいるのも納得だ。

基本的な機能からアプリなど具体的なものまで色々と教えてもらった。

少しずつ慣れていこうと思う。

「通話アプリでクラスのグループとかありますか？」

「たしか、招待？　してもらった」

「それならクラスの皆さんとの思い出の写真を分けてもらったらいいと思いますよ」

「どうすればいいんだ？」

「一言欲しいとメッセージを送れば貰えると思いますよ」

結依に言われるがままクラスのグループチャットに送ってみることにする。

「これでいいのか？」

「はい！　少ししたら送ってもらえると思いますよ」

クラスメイトの連絡先はつい先ほど教えてもらったばかりだ。こんなに簡単に連絡を取り合えるのはかなり便利だな。

「結構話し込んでしまいましたね。お風呂の用意は出来ていると思うので、先に入ってきてください」

「いいのか？」

「私は夕食の準備をしますから」

一応、買われた身なのだから色々働こうと思っていたのだが、今のところお世話をしてもらってばかりだ。

もしかしたら、両親が突然いなくなった俺に気を遣ってくれているのかもしれない。

それなら、その好意を素直に受け取るべきだろう。

「分かった。入ってくるよ」

「それでは私も夕食の準備を始めますね」

俺は風呂場に、結依は台所へとそれぞれ向かった。

湯船に浸かるというのは非常に気持ちがいい。昨日に引き続き少し長めに入り過ぎてしまい慌てて風呂から出た。昨日のような事故が起きてしまわないように出る時に警戒したが特に何も起こることはなかった。少し意識し過ぎだったのかもしれない。俺が出るとすぐに結依が風呂へと入る。

しばらくして出てきたあと、二人で夕食を食べた。

昨日の夜と同様、ものすごく豪華な夕食だ。

白米もちゃんともちもちしていて水っぽくない。それにおかずの種類も豊富だ。梅干しや塩だけだった頃を思い出すと涙が出そうになってしまう。

目の前に座っている結依はとても楽しそうな表情だ。お互いの学校での出来事なんかを話しながら食事をする。特に結依は俺のクラスメイトのことが気になるようで、どんな人たちなのかを聞いてくる。みんないい人たちばかりだ。俺はみんなとの思い出を交えながら話していく。

そして気がつくと用意してくれた夕食はほとんど食べ終えてしまっていた。

「ふぅ～、ご馳走様」

「お粗末様です。とても美味しそうに食べてくれるので、作ったかいがあります」

嬉しそうにニコニコと笑っている。

結依が席を立ち食器の片付けを始めたので俺も手伝う。流石に何もしないのは申し訳ない。俺に出来ることはやっておこうと思う。それに皿洗いには慣れている。

二人で片付けを終える。

「少し早いですけど寝ましょうか」

「あ、あぁ、そうだな」

やばい……緊張しているのか心臓がバクバクし出す。

昨日は一日を通して色々なことが一度に起きたり、泣き疲れて寝てしまったこともあり、なんとかなったが今日は違う。

絶対に眠れない自信がある。どうにかして眠らないと寝不足で明日が大変なことになってしまう。

何かいい作戦はないか頭の中でぐるぐると考えているうちに、寝室に到着してしまった。

結依が不意に、じっとこちらを見つめてくる。

「昨日みたいにハーブティーを用意しましょうか？」

もしかして緊張が顔に出てしまっていたのだろうか？

リラックス効果があるハーブティーを飲めば寝ることが出来るかもしれない。内心動揺してしまっていることがばれてしまって恥ずかしいが、ありがたく飲ませてもらうことにする。

「お願いしてもいいか？」

「勿論です！」

軽い足取りでぱたぱたと寝室を出ていく結依。僅かな希望に縋ることにした。

昨日と同じようにマグカップを持って戻ってきた。

「どうぞ」

「ありがとう」

ハーブティーの優しい香りが広がる。結依からマグカップを受け取り、一口飲む。

ん？　昨日とは違うハーブティーのようだ。少し味が違って苦いような気がする。

結依は心配そうにこちらを覗き込んでいる。

ハーブティーを一気に飲み干した後、ベッド近くにある小さなテーブルの上にマグカップを置く。

だんだん落ち着いてきたような気がする。気分がふわふわしてきてうまく頭が回らない。それになんだか力が抜けていくような……というか、力が入らない？

結依が妖艶で魅力的な笑みを浮かべて近づいてくると、そっと俺をベッドの方へと押す。

力が入らないせいで何の抵抗も出来ないままベッドに倒れ込んだ。

っ!?　力が入らない!?

結依が馬乗りになるように乗っかってくる。

「雪くん……私、もう我慢出来ません！」

結依の瞳は爛々と輝いていた。

結依が馬乗りになった状態から視線をこちらに向けている。髪の毛が頬に触れてくすぐったい。その表情はとろけたようだ。

「雪くん……」

熱っぽい吐息が漏れる。おもむろに俺の寝巻きのボタンに手を伸ばすと、一つずつはずし始める。

「お、おい!?」

「どうしましたか？」

キョトンと首を傾げながらもボタンを外していく。まったく動きを止める気配がない。

ボタン式の寝巻きにしたのって脱がしやすいからじゃないよな!?

「な、何考えているんだ!?」

ボタンは全て外されてしまった。

状況が飲み込めず混乱している一方で結依は何か納得したような表情になる。

「そうですよね……雪くんだけ脱ぐのは不公平ですもんね。すぐに脱ぎますね」

そう言って自分の服に手をかけるとボタンをはずしていく。

「なっ!?」

ボタンをはずしたせいで胸元が大きくはだける。綺麗な形をした胸。

服の上からでも存在感を放っていたものが服からこぼれ出そうになっている。

思考が止まり、目の前の光景に脳が追いつかない。

「ちょ、ちょっと待てって」

結依を止めるために混乱した頭で必死に声を上げる。少しだけ声が裏返ってしまう。

結依は自分の服のボタンから手を放す。全部のボタンをはずし終える前に何とか手を止めてくれたことに安堵したがそれもつかの間、結依は妖艶に笑い瞳が光る。今度は俺のズボンに手を伸ばし始める。

体は動かないので抵抗するために唯一まともに動く口を使って声を上げる。

「た、頼むから待ってくれ。俺の話を聞いてほしいっ」

「はい、何でしょうか？」

「まず俺の上から降りてくれないか？」

「嫌です。もう我慢の限界です。昨日だってギリギリで理性を保ったんですよ？　雪くんが愛おし過ぎたのが悪いんです」

考えるそぶりも見せず拒否されてしまう。唇が触れてしまいそうなほど顔を近づけてくる。

「わ、分かった！　そのままで良いから俺の話を聞いてくれ、頼む！」

「……分かりました」

やっと動きを止めこちらをじっと見つめる。

他の所に視線が行ってしまわないように出来るだけ結依の顔だけに見るように心がける。目を合わせて説得するように語りかける。

「お互い恋人同士じゃない者同士でこういったことは良くないと思うんだ」

「それなら簡単です。恋人になりましょう！」

「ま、待ってくれっ。俺は結依に世話になってばかりだ。借金だって代わりに払ってもらったばかりで、とても大きな借りがある」

「私も雪くんには助けてもらったので、そんなこと気にしなくてもいいです」

え？　俺が結依を助けた？　いつ？

浮かんだ疑問をすぐさま消し去る。今はそれどころではないのだ。結依の説得に全力を尽くす。

「俺が納得出来ないんだ。今の俺たちは対等な関係とは言えない。俺はちゃんと対等で結依の隣に立てるような人間になりたいんだ」

「雪くん……」

熱に浮かされたように俺の名前を呼ぶ。ほんのり顔が赤くなり、うっとりとした顔になる。その表情は息が詰まるほど魅力的だ。

「だ、だから、その時が来たら俺から言わせてくれっ！」

ほとんど告白のようなことを口走っているが、そのことを気にしている余裕は俺にはない。目の前の状況を何とかしなくてはならないのだ！

今の状態を脱しなくては色々なものを失ってしまうような気がする。

結依は顔を赤くしとろんとした潤んだ瞳でこちらを見つめてくる。少し呼吸が荒い気がするが、動きは止まった。

よしっ！

「私、とっても嬉しいです！」

「分かってくれたか？」

「はい！　雪くんの気持ちはよく分かりました」

どうやら伝わったようで一安心だ。実際には力も入らないし体も動かないけど、全身から力が抜けたような気がする。

「それじゃあ、俺の上からどいてくれないか？」

「え？　嫌です」

「……はい？」

再び結依が動き出す。

「待て待て待て！」

「もう！　どうしたんですか？」

「どうしたじゃない!?　俺の気持ちが伝わったんじゃなかったのか!?」

「ちゃんと伝わりましたよ。きゅんきゅんしましたし、胸が苦しく顔が熱くなりました」

「なら、なんでズボンを脱がそうとする!?」

「それとこれとは話が別ですよ」

別!?　別じゃないだろ!?

全然分かっていなかった。言っていることとやっていることがめちゃくちゃだ。俺には結依の考えていることが全く分からない。

「私たちはまだ恋人同士ではありませんけど、将来的には恋人となり結婚するんです。遅いか早いかの違いですよ」

そうか……遅いか早いかの違いなだけなのか……って、いやいや、騙されちゃダメだ。動揺しているせいかうまく頭が回らない。

「お、おいっ！」

「もう！　静かにしてください」

その言葉と同時に、結依の唇で口を塞がれた。

柔らかい感触と甘い匂いが広がる。

「っ!?」

長いキスから解放された俺は完全に勢いを奪われてしまった。

「雪くんは何もしなくても大丈夫です。それにお勉強は完璧にしてきました。任せてください」

体が動かないし、思考も動揺で塗りつぶされてしまった。

目の前で妖艶な笑みを浮かべた結依。もう何を言っても無駄だ。結依を止めることは不可能だと本能的に察する。

「雪くん！」

あ！　お、おい！

あっあ、あぁぁぁぁぁぁぁぁぁぁぁぁぁぁぁぁぁぁぁぁぁぁ!!

俺の意識はここで突然途切れてしまった。


ゆっくりと目を開ける。焦点が合わず視界がぼやけている。

思考もまだ覚醒しておらず、夢と現実の間のような感じだ。太陽の光が部屋の中に入り込んでいる。

あたりを見回していると次第に意識がはっきりとしてきて、視界も鮮明になる。段々昨日の出来事を思い出す。確かめるように左腕を上げる。

「良かった……動く」

ゆっくりと起き上がり、手を握ったり開いたりしてみる。何の問題もなく動くようで安心した。ついでに足も動く。

「何をしているんですか？」

「――っ」

しばらく感覚を確かめるように動かしていると突然声を掛けられビクッと肩を震わせてしまう。声のする方を向く。

「おはようございます」

「お、おはよう」

布団を肩までかぶり顔を出して上目遣いでこちらを見ている結依の姿がある。

「昨日はよく眠れましたか？」

昨日という言葉にドキッとしてしまう。何と答えるのが正解なのかと考えてしまう。

答えが出ずに必死に言葉を絞り出そうとしていると、突然結依から謝罪の言葉が飛び出す。

「ごめんなさい」

いったい何のことを言っているのか分からず困惑していると結依が言葉をつなげる。

「疲れがたまっていたのに気づいてあげられなくて本当にごめんなさい」

申し訳なさそうに目を伏せているが、結依の言葉に全く心当たりがない。

「え？　疲れなんてたまっていないけど」

「嘘です！　昨日の夜だってまるで倒れ込むように寝てしまったじゃないですか。疲れがたまっていた証拠です」

「うん？　昨日？」

確か昨日は服を脱がされそうになってそれから……ふと、あることに気がつく。今はしっかりと服を着ている。当然といえば当然だが……それに特に乱れた様子もない。ズボンも穿いているのが感触で分かる。おかしなところは何もなくまるで昨夜のことが嘘のようだ。

「もしかして昨日のこと覚えていませんか？」

こちらのことを心配していることがよく分かるような声色。いまいち状況がつかめていない俺は昨日のことを確認するように口に出す。

「えーと、確か昨日は結依からハーブティーを貰って……」

「そうです。そのあとすぐに倒れ込むように寝てしまったんです」

結依の言葉を聞いて疑問が生まれる。俺の記憶だと貰ったハーブティーを飲んだあとは結依に突然ベッドに押し倒されて……。

あれ？　……もしかして……昨日の出来事は夢だった……のか？

昨日のことを思い出そうとしてもハーブティーを飲んで以降の記憶があいまいだということに気づく。疲れて寝てしまった？　……じゃあ、あれはやっぱり夢？

よく考えたら昨日のことが現実なわけがない。ハーブティーを飲んだ瞬間に体に力が入らなくなるなんておかしな話だ。薬が入っていたりしたらそういうこともあるかもしれないが、結依がハーブティーの中に薬を入れるなんて現実的にあり得ない。

それだけではない。

結依が俺に襲い掛かるようなことなんてするはずがない。

考えれば考えるほど昨日の出来事が夢だったと思えてくる。というか夢以外ありえないとすら思う。

現実と夢を混同してしまっていたことに気づき恥ずかしさで死にそうになる。

「大丈夫ですか？」

結依の言葉にハッとする

「大丈夫だ。心配かけてごめん」

「いえ、雪くんが元気ならそれが一番ですから」

そう言って微笑む結依を見て申し訳ない気持ちが込み上げてくる。

俺を助けてくれた恩人で、純粋に心配してくれている結依に対してあんな夢を見るなんて最低だ。朝から自己嫌悪に陥り自分のことが嫌いになりそうだ。

「そろそろ起きないといけませんね。学校に遅刻してしまいます」

枕元にある時計を確認しながら言う結依。

「そうだな」

結依が体を起こすとシーツがするりと落ちる。その瞬間頭が真っ白になり思考が停止する。

シーツの中から出てきたのは一糸纏わぬ結依の姿だ。芸術品のように美しい結依の裸体が露わになる。

慌てて視線を外す。

「な、なんで服を着てないんだ!?」

「実は寝る時は服を着ないタイプなんです」

特に隠すそぶりを見せず答える結依。

いやいや、俺がみっともなく泣いた日は普通に服着ていましたよね!?

衝撃的な光景にさっきまで考えていたことが一瞬で消え去る。

「俺、洗面所で着替えてくるからっ」

どうしたらいいのか分からず、逃げるように寝室をあとにした。


洗面所で顔を洗い、自室で着替えを終える。さっきの出来事から多少は落ち着きを取り戻した。昨日のことも含めて恩人である結依をそういった目で見るのは良くない。気を引き締めリビングへ行く。そこには、一足先に制服の上にエプロンを着けた結依が朝食の用意をしていた。

「朝食の準備が出来ましたよ」

「ありがとう」

朝から機嫌が良さそうだがそれ以外は何も変わらず、さっきのことも特に気にしている様子もない。

「さぁ、早く食べてしまいましょう。橘さんが来てしまいます」

「そうだな」

俺たち二人は朝食へと手を伸ばし会話をしながら食事を進める。

ちょうど食事を終える頃橘さんが迎えに来てくれた。その後、それぞれの学校へと向かった。

スマートフォンを見るとメッセージがたくさん届いていることに気づく。全て写真のようだ。どうやらみんなが送ってくれたらしい。教室に行ったら直接お礼を言おう。

いつも通り登校して教室へと入る。あと数日だと思うとやはり寂しい。

すでに教室に来ていた人たちにお礼を言ったあと席へと座る。と、一人の男子生徒が近づいてきた。

「一ノ瀬！　頼みがあるんだけど」

「何だ？」

「実は今日、服装検査があるらしくてさ」

「あー、そういえば、そうだったな」

　この学校は意外と服装に関する校則が厳しい。まぁ、そのことを分かって入学しているのだから文句なんてないが。

「これ見てくれよ」

　そう言ってその男子生徒は俺に見せつけるように自分の髪を引っ張る。

「結構長いな」

「最後に切ったのはこの前の服装検査の時だからな」

　耳は完全に隠れているし、前髪も鼻先にかかっている。襟足も肩につきそうなくらいに長い。校則的に完全にアウトだ。

「このままだと引っかかっちまうよ。だから頼む！　また切ってくれないか？」

「それは別に良いけど、普通のハサミだと髪が傷むぞ？」

「平気平気。そんなこと気にしないって！　早乙女からハサミも借りてきたしさ」

　早乙女未夜《みよ》はこのクラスの委員長をしている女子だ。

　真面目で責任感が強い。おまけに面倒見がいいのでクラスのみんなから頼りにされている。

　入学してすぐの頃、俺と早乙女は席が隣だったこともあり仲は結構いい方だと思う。

　俺に食べ物を分けてくれる優しい人だ。代わりと言ってはなんだが、勉強を教えている。そんな関係だ。

「時間がないから早めに頼むよ」

「了解、いつもの所に行くぞ」

「おぉ！　サンキュー」

俺たちはあまり使われていないトイレへと向かう。

大きい鏡があるのはトイレくらいだし、何より人が来ないから邪魔にならない。

少し早足で向かう。どの教室からも離れているせいで人があまり来ないのだ。

「誰もいないみたいだな」

「ラッキー、さっそく頼むよ」

ハサミを受け取る。

「どんくらい短くすればいい？」

「うーん、お前に切ってもらうのも最後になるだろうから、どうせならバッサリいってくれ」

「いいのか？」

「おう！　格好良くしてくれよ」

格好良くと言われると自信がないが出来る限り頑張ることにする。まずは適当な長さまで切ってからそのあと整えていく感じでいいだろう。

そう言えばクラスメイトから今のはやりの髪型を教えてもらったことを思い出す。それをベースに考えながら切っていこう。

あまり時間がないので手早く進める。

「相変わらず手際がいいな……」

鏡を見ながら感心したような声を上げる。

「昔から自分で切っているからな」

貧乏なのでわざわざ美容院に行くのはもったいない。自分で切ればタダなのだ。

小さい頃は母さんが切っていたが、途中から自分で出来るようになった。最終的には家族全員を俺が切るようになっていた。

「近くに美容院があってそこでバイトをしていたから見よう見まねで切るようになったんだよ」

「マジかよ……相変わらずスゲーな」

「そうか？」

ただ切るだけだと思うんだが……それにあくまで短くすることがメインだからプロの足元には遠く及ばない。

適当に相槌を打ちながらハサミを縦に、横に、斜めに使いながらどんどん切っていく。髪の毛が散らからないように気をつけながら切り進め、ある程度形が整ったところで手を止める。

「よし、こんな感じでどうだ？」

「おぉ！　やっぱりプロ並みの仕上がりだな！」

「それは言い過ぎだ」

まぁ、それなりにうまく出来たとは思う。本当はもう少し良く出来そうだが、ハサミ一本ではこれが限界だ。

「そんなことないって！」

男子生徒は角度を変えながら何度も嬉しそうに鏡で確認している。どうやら気に入ってくれたようだ。

「マジで助かった。ありがとう」

「これくらい別にいいよ」

ちょうどチャイムが鳴った。

「ヤベッ！　早く教室に戻ろうぜ」

俺たちは急いで教室へと戻った。

ちなみに放課後の服装検査までに、あと二人散髪した。みんな喜んでくれていたみたいなので良かった。

そんな何気ない日々。学校では友達と過ごし、家に帰れば結依と一緒の時間を過ごす。この学校で過ごすことの出来る時間が限られていることや、周りの環境が変わったことで時間が早くすぎるように感じた。気づけばこの学校で過ごす最後の日になっていた。いつもならそれなりに長く感じる一週間があっという間だった。

期限が決まっている一週間はこんなにも短いものだったのか……。

偶然だが、この学校での最後の授業は担任でもある鈴木先生の物理の授業だ。

いつも通り始まり、そして終わった。違う県や国に行くわけでもないのにかなり寂しさを感じる。

放課後になるとクラスのみんなが俺の送別会を開いてくれた。

早乙女が中心となって準備をしてくれたらしい。俺の転校を知ってから数日しか経っていないのにもかかわらずこんな素敵な会を開いてくれて本当に嬉しい。

「雪哉くん、これはみんなからの感謝の気持ちです。受け取ってもえるかな？」

「嬉しい、ありがとう」

早乙女から贈り物を受け取る。一つ目は寄せ書きだ。

「みんなからのメッセージが書かれているから、あとで読んでね」

軽く見ると、『勉強を教えてくれてありがとう』や『格好いい髪型にしてくれてありがとう』『転校先でも頑張れよ』といった感謝の言葉から激励の言葉まで様々なメッセージが書かれている。

クラスのみんなだけではなく、先生たちもメッセージを書いてくれているようだ。

やばい……泣きそう。

「残りも見てよ」

綺麗に包装された箱が二つ出てくる。

「開けてもいいか？」

「うん！」

細長い方の箱を開ける。中から出てきたのはボールペンだ。

「何をあげたら喜んでもらえるかみんなで色々考えたんだよ。雪くんあまり文房具とか持っていないし、それにボールペンなら邪魔にならないかなって」

「大切にするよ」

もう一つの箱を開ける。

「財布ならいつも持っていられるよね。使うたびにみんなのこと思い出してくれると嬉しいな」

みんなからのプレゼントで目頭が熱くなる。

「本当にありがとう。すごく嬉しい」

「私たちこそ雪哉くんにはお世話になったから、その感謝の気持ちだよ」

「そうだぞ！　勉強教えてくれてありがとうな！」

「髪を切ってくれて助かったぞ！」

「転校先に行っても頑張ってね！」

「連絡するから、今度遊びに行こうぜ」

みんなが口々に優しい言葉を投げかけてくれる。

たった一年しか一緒にいることが出来なかったが、本当にいい奴らばかりで楽しい一年を過ごすことが出来た。

「こちらこそありがとう、みんなのおかげで楽しい時間を過ごせたよ」

そのあとは、みんなと下校時刻ギリギリまで話をした。

くだらない話から、思い出話など様々だ。

俺はクラスメイトたちに恵まれていたのだと改めて実感した。

送別会も終わりみんなに感謝の気持ちを伝えられたしお別れも言うことも出来た。

荷物を持ち玄関に向かって廊下を歩いていると後ろから声をかけられる。

「雪哉くん！」

振り返ると早乙女がこちらに近寄ってくるのが見える。

「どうした？」

近くには誰もおらず俺と早乙女だけだ。

「最後にちゃんとお別れを言いたくて……」

「そっか……」

「雪哉くんがいなくなるのはすごく寂しいよ」

「俺もみんなと会えなくなるのは寂しい」

「それと、たくさん助けてもらったからお礼も言いたくて」

「俺だって助けてもらったからお互い様だ」

「それでも……ありがとう」

「こちらこそ」

話は終わったようだが、何故だか動こうとしない。もじもじしながら何か言いたげにこちらを見ている。

少しの間黙って待っていると勢い良く何かを差し出す。

「あのね、これ！」

手渡されたのは綺麗に包装されたものだ。

「開けてみてもいいか？」

「うん……」

そっと開けると中から一枚のハンカチが出てくる。

「感謝の気持ちだから、またね！」

そう言ってそのまま走り去ってしまう。

お礼を言いそびれてしまった……。

でも、これで一生のお別れというわけでもない。おまけにみんなの連絡先もゲットしている。当然早乙女とも連絡先を交換している。会おうと思えば会える距離にいる。

そう思うと少しだけ寂しさが薄れた。

「早乙女には、今度会った時にちゃんとお礼を言わないとダメだな……」

校舎を出ると少しだけ寂しい気持ちになる。振り返り校舎にも心の中で別れの挨拶をすると、帰り道を歩き出した。今日は最終日だから少し歩きたいと思い、迎えに来てもらう場所を変えてもらった。

この一年の学校生活を思い出しながら待ち合わせ場所へと向かう。

そこからは車に乗り込み家に帰る。

家に戻ってくるとすぐに学校での出来事を結依に話す。あまりにも嬉しかったので、思わず

喜びを共有したくなってしまったのだ。

俺の話を楽しそうに聞いてくれている。

「みなさんとても素敵な人たちですね」

「あぁ、俺は恵まれているよ」

お金には恵まれなかったが人には恵まれていると思う。

クラスのみんなから貰ったプレゼントを見てもらいたくてテーブルの上に広げる。

「素敵なものばかりですね。この財布も雪くんの趣味にぴったりですよね？」

「そうなんだよ」

派手過ぎない落ち着いたデザイン。びっくりするくらい俺の好みに合っている。

「このハンカチが早乙女さんからの贈り物ですか？」

「あぁ。そのハンカチもすごく気に入っているんだ」

そういえば貰った寄せ書きをまだ読んでいなかった。手に取り一つ一つ読んでいく。

「早乙女さんですか……やはり要注意人物ですね。私のライバルになりそうです。雪くんにお弁当まで作っていたみたいですし油断ならない相手です」

「ん？　何か言ったか？」

「いえ、何でもないですよ」

何か言っていたようだが、みんなからのメッセージを読んでいたせいで聞き取れなかった。

「すぐに夕食の準備をしますから、みなさんのメッセージを読みながら待っていてくださいね」

「分かった」

お言葉に甘えてゆっくりと読ませてもらうことにする。

読んでいて心が温かくなったが、ふと転校先のことが頭をよぎる。

勝手な偏見だが、お金持ちの学校ってギクシャクしているイメージがある。派閥のようなものがありそうだ。

もしかしたらいじめのようなものもあるかもしれない。

クラスメイトの一人が、お金持ちの学校にはなんとなくそんなイメージがあるのと言っていた。

いじめはお金持ちの学校に限った話ではないと思う。実際ごく普通の幼稚園だったが結依はいじめにあっていたのだ。

実際はそんなことないと思うが、新しい生活が始まることも相まって少しだけ不安に感じてしまう。

おまけに俺はお金持ちでもなんでもない。もしかしたら目をつけられることもあるかもしれない。

いやいや！

頭を振って悪いイメージを消し去る。きっと転校することで少しだけネガティブな気持ちになっているのだけだ。

まずは、明日の編入試験に合格することを考えなくてはいけない。

編入試験と新たな学校生活の始まり

桜聖学園。

以前通っていた学校よりも大きな校舎で、敷地面積も比べるまでもなく大きい。

今日の試験は十時から始まるので、その前に学校に連れてきてもらった。

試験が終わるまでの間、結依も学校で用事があるらしい。

俺はとある教室で試験の開始時間まで待機だ。

十分ほど待つと、眼鏡をかけた知的な雰囲気を纏った女性が入ってくる。うまく言葉にすることが出来ないが、身に纏う雰囲気に気圧されて少しだけ怖いと思ってしまう。

「一ノ瀬雪哉くんですね？」

「はい」

「少し早いですが、貴方の準備が出来ているのなら始めようと思います」

「問題ありません。始めてください」

「分かりました。それでは不正行為防止の為に鞄などはこちらで預かります。携帯電話を持っていたら、そちらも預かります。身に着けていれば不正行為となるので注意してください」

ほとんど何も入っていない鞄の中にスマートフォンを入れて試験監督へと渡す。

「不正行為と疑われる行為はしないでください。その時点で試験を終了し全ての科目の点数は

0点とします」

問題用紙と回答用紙が机の上に置かれる。

気持ちを落ち着けるために深く息を吸い込みゆっくりと吐き出す。

「最初は英語からです」

目の前の時計を見ながら試験監督の開始の合図を待つ。

「それでは始めてください」

合図とともに問題を解き始める。

この試験に落ちたらあとがない。何よりも合格すると信じてくれている結依の期待を裏切りたくない。

余計な考えを全て捨て去り、目の前の問題にだけ全神経を集中させる。最初は聞こえていた時計の針の音が全く聞こえなくなる。

英語に始まり、国語、理科そして最後に数学の試験だ。

全ての科目で実力を発揮するために集中する。時間配分に気をつけながら問題一つ一つに向き合い解き続ける。

そして――。

「終了です。筆記用具を置いてください」

ギリギリだった。解き終わらないかと思ったほどだ。

「これにて本日の試験は終了となります。お疲れ様でした」

時計を見ると十七時近くだ。

「この後採点が終わり次第合否の判定が出ます。しばらく待っていてください」

「わかりました」

採点はテストが終わり次第行われる。最後の科目が終わる頃にはそれ以外の科目の採点は終わっていたようだ。最後の採点を行うために、試験監督は問題用紙と回答用紙を持って教室を出ていった。

「ふぅ……」

やはり試験は疲れる。おまけに失敗出来ない試験だったので精神的な疲労もかなりある。

一応、手も足も出せないような問題は一つもなかったがいくつか自信のないものがある。国語はいつも一つ二つ間違えてしまうのだ。

ただ、手応えはかなりある。自分の持てる実力を全て出しきれたと思う。これでダメなら諦めるしかないと思えるほどだ。

科目ごとに休憩時間はあったが、それでも朝からずっと座りっぱなしなので体が痛い。

立ち上がり体を伸ばすとポキポキと小気味良い音が鳴る。固まってしまった体をほぐすように動かしていると声を掛けられる。

「雪くん、もう終わりましたか？」

声の方を見ると、ドアから顔だけ出している結依の姿がある。

「あぁ、ちょうど終わったところだ」

俺の言葉を聞くと、教室の中へと入ってくる。

「試験お疲れ様でした。どうでしたか？」

「なかなか良い問題だったと思うぞ」

「良い問題、ですか？」

「数学も思考力を問う問題から計算力を問う問題までバランス良く出題されていた。あとは解き方さえ覚えていると大幅に時間を短縮出来る問題もあって、日々の学習レベルも確認出来る問題もあった」

ただ、かなり難易度の高いものが科目ごとに一問はあったせいでどの試験も時間ギリギリになってしまった。

「物理や化学も状況の整理能力がかなり必要となる問題だった。英語なんて、あれだけ文法事項が盛り込まれた英文を見つけてきたことに感心してしまったくらいだ」

さすが名門と呼ばれる学校なだけはある。以前結依に見せてもらった試験問題よりも難しくなっていたと思う。

「は、はぁ……」

なんとも気の抜ける返事が返ってきた。結依らしからぬ返事に首をかしげる。

「どうした？」

「いえ……てっきり何割くらい出来た、みたいな返答だと思っていたので予想外でちょっと驚いてしまっただけです」

「ああ……」

前の学校ではみんな出題の意図について聞いてきたから自然とその時と同じように答えてしまった。

最初は何点くらい取れたかみんなに聞かれていたのだが、途中から一切聞かれなくなってしまった。どうしてだろう？

「その様子だと合格は間違いないみたいですね」

「どうだろうな……でも、手応えはある」

「それだけ問題のことが分かっているなら大丈夫に決まっていますよ。私なんて解くことに精一杯で、問題の良し悪しなんて気にする余裕はありません。やっぱり雪くんはすごいですね！」

そういうものなのか？

色々な問題をたくさん解いているとなんとなくだが問題の作成者の意図が分かってくるようになる。この問題のこの部分が解けるのか聞きたいのだろうとか、この部分でひっかけようと思っているのだろうなどだ。

「ベストは尽くしたからあとは合格を祈るだけだな」

「雪くんなら大丈夫です！」

そうは言ったが結果が出るまでは落ち着かないので結依と話すことによって気を紛らわす。

試験終了から三十分ほど経過したところで教室のドアが開き、試験監督が入ってくる。

「お待たせしました」

「い、いえ……」

ついに来た。自信はある。だが、心臓がバクバク鳴ることは止められない。喉の渇きが酷く、ごくりと喉を鳴らす。

試験監督が目の前まで来るとじっとこちらを見つめる。そして、その冷たさを感じる表情が僅かに崩れ笑みを浮かべる。

「おめでとうございます。一ノ瀬雪哉くん、貴方の本校への編入を認めます」

「ほ、本当ですか!?」

「はい」

「やりましたね！　さすが雪くんです！」

結依が全身で喜びを表現してくれている。その姿を見て実感が湧いてくる。鳥肌が立つような喜びが襲ってくると心の奥が熱くなる。

「ありがとうございます！」

結依が俺の手を掴むとぶんぶん上下に振る。

「おめでとうございます！　これで昔みたいに同じ学校に通えますね！」

「あぁ！」

やはり結果が出ると嬉しい。バイトしてもお金は貯まらず裏切られたような気持ちになるが、勉強は結果がついてくる。その度に頑張って良かったと思える。

おまけに今回は結依の喜ぶ顔も見ることが出来た。最高の結果だろう。

「これからの簡単な説明をして今日の予定は全て終了となります。それではこちらへ」

「そういうことなら、私は沙希さんと一緒に校門のところで待っていますね」

「分かった」

俺は試験監督のあとを追い教室を出た。

別室で説明を一時間ほど受けたあと、待ってくれている結依の元へと急いだ。

◆◆◆月宮視点

一礼してから教室を出ていった男子を見送った後、手元にある彼の解答用紙に視線を落とす。思わずため息が出てしまう。

どれも高得点を記録していた。

数学と物理に至っては満点だ。その他の科目も一つ二つ間違えているだけでほぼ満点に近い。はっきり言ってこの結果は異常だ。

この問題はこれほどの高得点を取れるようには作られていない。受からせるための試験ではなく落とすための試験だと言えるだろう。もちろん結果を出せば快く我が校への編入を認める。ただ、求められる基準が高いのだ。

ここまで高得点を取られてしまっては作成者側のミスを疑ってしまう。しかしミスなどではない。難関の問題も多く含まれている。

純粋に今回の受験者のレベルが特出していた。

我が校は他の学校とは違い異質だと言える。政治家や大企業の社長、芸能人の子供たちまでもが通う学校なのだ。

独自の教育カリキュラムを組んでいるため途中から編入してきたとしても、まずついていくことが出来ないだろう。一般的な学校とは進行ペースを含めかなり違いがある。だからこそこの学校は編入生を歓迎はしていない。並の学力では足りないのだ。それが試験の難しさに直結している。

だからこそかなり高難易度の問題を作る。せいぜい五十点ほど取れれば御の字。そういったレベルの問題なのだ。

もちろん、五十点なんかでは合格するわけはない。

結果を見ればその異常さが分かる。

まだ高校二年になったばかりの生徒が解けるはずのない問題が交じっている。それどころか、高校で三年過ごしたとしても解けるようになるのか怪しい問題まで含まれていた。それにもかかわらず完璧と言って良いレベルで解答している。

私もそれなりに教師生活を送っているが彼のような生徒を見るのは初めてだ。

二年生の中でトップ――いや、この学校全ての生徒の中でトップレベルの学力を持っていると断言出来る。

今の段階で全国のトップレベルの生徒たちと何の問題もなく渡り合うことが出来るに違いない。

我が校にも優秀な生徒はたくさんいる。それでも彼は異常だ。おそらく天才なのだろう。だが、それだけではないだろう。答案からは彼の努力がうかがえる。

近年急速に成長を遂げた会社の社長令嬢である姫野さんとの関係も気になる。

イレギュラーな存在である彼に興味を抱かずにはいられなかった。

◆◆◆

編入試験を無事に合格することが出来た。迎えにきてくれた橘さんの車で家まで帰る。

自然に『帰る』と思えるのは、自分の居場所だと実感しているからだ。きっと結依が近くにいることと色々気を遣ってくれているからだろう。

「おかえりなさい」

「ただいま」

一緒に帰ってきた結依におかえり、と言われるのは少し違和感があるがそれでも嬉しい。俺も同じように結依に言う。

「おかえり」

「はい！　ただいまです！」

俺の言葉へ嬉しそうに返してくれる。

こういうのも、なんかいいな……。

「今日は雪くんの合格のお祝いをしましょう！」

「いいのか？」

「もちろんです！　腕によりをかけてご馳走を作りますね！」

「ありがとう。いつも十分過ぎるほど豪勢だけどな」

「いつもより頑張っちゃいますね！」

「楽しみにしているよ」

「はい！」

結依はパタパタと台所の方へ軽い足取りで向かっていく。

結依が料理している間は俺に出来ることは何もない。手伝いをしようとしたら、今日は俺のお祝いだからと断られてしまった。なので、今日貰ってきた桜聖学園の手引書を読んで待つことにする。

校訓やカリキュラム、教室の配置や施設について色々と書かれている。せめて教室の配置くらいは覚えておかないと迷ってしまう。

パラパラと読み進めていき、ちょうど読み終えたところで結依から声をかけられる。

「準備が出来ました！」

その声を聞きテーブルの方へと向かう。

そこにはいつもよりも豪勢な料理が並べられている。肉料理と魚料理、スープまである。

ふっくら炊き上がった白米はキラキラしている。

見ているだけで食欲を駆り立てられる料理に思わずお腹が鳴る。

そういえば試験があるからと言って朝からあまり食べていなかったことを思い出す。

「とっても美味しそうだ」

「いっぱい食べてくださいね」

「いただきます」

我慢することなんて出来ず大きな口で頬張る。

「どうですか？」

「すごく美味しい。でも、この量を作るのは大変だったんじゃないか？」

「今日は雪くんのお祝いですから大変なんかじゃありませんよ」

その笑顔からは本心で言ってくれていることが伝わってくる。

「それに雪くんなら絶対に合格すると思っていましたから、下拵えは済ませていたので大丈夫ですよ」

もし落ちていたら大変なことになっていた。本当に合格して良かった。

「ありがとう。嬉しいよ」

「さぁ、好きなだけ食べてください。おかわりも用意していますよ」

お言葉に甘えて一口また一口と食べ進める。結依の手料理はどれも美味しい。おそらく一生食べ続けても飽きることなんてないだろうと思える。

結依はもっと上手くなりたいと思っているようだが、すでに十分過ぎると思う。店でも開くのだろうか？　そんなレベルだと思う。

まぁ、レストランで料理を食べた経験などほとんどない俺が言うのもおかしな話だと思うが、そこら辺のお店よりも結依の料理の方が絶対に美味しいと思う。

毎回夢中になって食べてしまう。手が止まらないのだ。そんな俺を結依は何も言わず、嬉しそうに見ている。

食事をしながら結依との会話も楽しむ。そんな時間がとても心地良い。

「そうだ。今日の試験で疲れているでしょうから、あとでマッサージをしますね」

「そんなことわざわざしてもらわなくても俺は大丈夫だ」

「明日から学校が始まりますから、ちゃんと疲れをとっておかないとダメです。気づかないうちに疲れはたまるものなんです。テストで一日中座りっぱなしだったんですから」

たしかにその通りだと思うが、実際あまり疲れていない。何時間か座っていただけで疲れてしまうようなやわな体だとバイトをやっていけない。

「将来疲れた旦那様を癒すために勉強したんですけど……嫌、ですか？」

うっ……。

その表情はずるい。上目遣いで若干瞳が潤んでいる。そんな目で見つめられたら断ることなんてない。

「やっぱり疲れているような気がするからやって貰おうかな」

結依の将来の旦那……心臓が刺されたように痛い。だが、結依がそのために練習したいというのだから俺に拒否する選択肢はない。

「はい、任せてください！」

ぱぁっと笑顔になる。

食事を終えた後二人で片付けを終える。約束通りマッサージをしてもらうために広い場所で横になる。

「まずはうつ伏せになってください」

言われた通りうつ伏せになると腰の上に結依が座る。結依は軽いので乗っかられたくらいじゃ何ともない。それどころかちょうどいい重さで心地良い。

「重たくありませんか？」

「大丈夫だ。それどころか軽過ぎて不安になる」

「重くないなら良かったです。それと、結構食べる方なので大丈夫です」

たしかに結依は食事制限などはしている様子はない。むしろ結依の言う通り一般的な女子よりも食べる量は多いかもしれない。もしかしたら太りにくい体質なのかもしれない。

そういえば俺は太りやすい体質なのかそれとも太りにくい体質なのかいったいどっちなのだろう？　これまで太るほど食べられなかったので分からない。

「まずは肩からやりますね」

結依の細い手が肩に添えられゆっくりと力が込められる。少し高い体温が手を通して伝わってくる。

肩に始まり腰の方へ順に進んでいく。

「つんしょ……雪くんの背中とっても大きいですね」

「そうか？」

「はい。身長ってどのくらいですか？」

「どうだったかな……最後に測った時は１７５か６くらいだった気がするけど、もしかしたら伸びているかもしれない」

「私より15センチくらい高いですね」

喋っている間も一生懸命マッサージをしてくれている。

「こうやって触ってみるとよく分かりますけど、筋肉がすごくて逞しいですね」

肉体労働は給料が良いからそのためにそれなりに鍛えている。自然と鍛えられた部分の方が多いかもしれない。

あとは勉強のためだ。バイトをしながら勉強するにも体力は必要なのだ。

結依の小さな手でどんどん揉みほぐされていく。思ったより疲れがたまっていたのかもしれない。とても気持ちいい。

「ありがとう。もう大丈夫だ」

起き上がると驚くほど体が軽い。肩をぐるぐる回して調子を確認する。

「どうですか？」

「あぁ、すごく楽になったよ」

「それは良かったです！」

「その……お礼と言ってはなんだが、俺にもマッサージをさせてくれないか？」

「えっ……」

「実は以前にマッサージ店で雑用係として雇われていたことがあって、その時に少し教えてもらったんだ」

だから少しだけマッサージには自信がある。少しだけだがプロから直接教えてもらったのだ。

「……じゃあ、お願いしてもいいですか？」

「任せてくれ」

「よろしくお願いします。実は肩こりが酷くて……胸が大きいのが原因かもしれません」

あまりそういうことを言わないでほしい。自然に視線が胸に行ってしまう。……肩が凝るのも納得だ。

「えーと、うつ伏せに寝てくれ」

誤魔化すように指示を出す。結依が横になるとそこに跨るように体を移動させる。

手を肩に添えるとその小ささに驚く。小さいという表現が正しいのかは分からないが、そう感じてしまう。全体的に華奢な印象を受けるが、実際に触るとより分かる。壊れてしまいそうだ。

痛くしてしまわないように少しずつ力を込める。かなり凝っているようだ。

「このくらいの力加減でどうだ？」

「……っん……すごく、気持ちいいです」

結依がやってくれたように背中全体をマッサージしていく。マッサージ店で教えてもらったことを思い出しながら入念にマッサージをする。

「あっ……っん……そこ、いいです……んっく」

結依から漏れる艶かしい声に内心動揺してしまう。変な気持ちになってしまいそうになるのを必死に抑える。

以前他のバイト先でもマッサージをする機会があった。その時の相手も女性だったがこんなことにはならなかったのに。

「つんん！　……はぁ、はぁ……すごく、上手、です……」

結依が何とも言えない声を出しながらマッサージの腕前を褒めてくれる。

やばい、マッサージをしているだけなのに悪いことをしている気分になる。邪念を消し去りマッサージに集中する。

無心でマッサージを続けて一通りほぐし終えたところで手を止めた。

「はぁ……はぁ……ありがとうございました。体が軽くなりました」

起き上がると大きく体を伸ばす。

「とても上手でした」

「ありがとう」

「その……またお願いしてもいいですか。気持ち良すぎて癖になっちゃいそうです」

「あ、あぁ。結依にはお世話になっているし、買われた身だからマッサージくらい言ってくれればいくらでもやる。任せてくれ」

「ありがとうございます！」

結依にマッサージしてもらったことで体が軽くなったが、今ので精神的にはかなり疲れた。

次に結依にマッサージをする時まで色々心の準備をしておかないといけないと思った。


今日から桜聖学園に通う。

昨日の夜、橘さんから桜聖学園の制服が届けられた。試験に合格してその日に届いたのは俺が合格すると確信して準備をしてくれたのだろう。不合格にならなくて本当に良かった。

寝る前に試着してみたがピッタリだった。サイズを知らせた覚えはなかったが、おそらく前の学校の制服からサイズを調べたのだろう。

桜聖学園は有名な学校であるため制服は見たことがあった。おまけに女子の制服は可愛いと人気だった。

　以前の学校のクラスメイトも似たようなことを言っていた。まさか自分がその学校の制服を着るというのはなんだか不思議な気持ちだ。

　そんな有名な学校の制服を着ることが出来るのは気恥ずかしいと同時に結依と同じ学校に通うことが出来るのだと実感が湧いてきて嬉しい。

　制服に身を包み結依の元へと向かう。

「わぁ！　とってもよく似合っています！　格好いいですよ」

「ありがとう」

　ストレートな褒め言葉に顔が熱くなる。昨日の夜も散々褒めてもらったが、また褒められてしまった。

　昨日の夜なんて結依の発案で写真撮影会が開催された。橘さんにカメラマンをしてもらい、結依までもが制服に着替えて二人で何枚も写真を撮ったのだ。今思い出しても恥ずかしくなってしまう。結依のあの喜びようを見たら断るなんて出来なかった。

　少し体を動かして着心地を確認する。まだ昨日着ただけで新品なので生地が固いがこれから何度も着れば少しずつ変わってくるだろう。

「それでは行きましょう」

　橘さんの運転で学校へ連れていってもらう。誰かと一緒に登校するというのは初めての経験だ。

以前住んでいたボロアパートの周りに人はほとんどいなかった。酷い表現だが、忘れられたゴミ捨て場のように思えるほど酷いものだった。

実際はゴミ捨て場として使われていたわけではない。ただ、ボロアパートがほぼ廃墟のようなものだったのでボロアパート自体がゴミと言われていたかもしれないが……。

それでも外で生活するより全然良かった。

もともと取り壊す予定だったらしいが俺たちが住んでいたので先延ばしにしてくれていたらしい。それにかなり古い建物だったので家賃もかなり安かった。大家さんには感謝しかない。

車内でちょっとした雑談をしているとすぐに学校に到着した。橘さんがドアを開けてくれた。外に出て軽く体を伸ばす。

「俺はまず職員室に行かなきゃいけないから」

「分かりました。それでは、またあとで」

俺たちは分かれてそれぞれの目的地に向かう。昨日の段階で教室の位置などは全部頭の中に入っているから職員室に迷わず行くことが出来た。

挨拶をすると一人の女性が近寄ってくる。試験監督をしてくれた人だ。

「おはようございます」

「おはようございます」

「私があなたのクラス担任の月宮葵《つきみやあおい》です」

「よろしくお願いします」

「貴方には、朝のホームルームで簡単に自己紹介をしてもらいます。そのつもりでいてください」

「分かりました」

「準備があるので少し待っていてください」

「はい」

事務的な会話を終えて職員室の外で待つ。物珍しさにキョロキョロとつい周りを見回してしまう。

そんなことをしていると月宮先生が出てくる。

「お待たせしました。それでは行きましょう」

月宮先生に合わせて歩き出す。

「あなたのクラスは二年一組です。教室の場所は早めに覚えてください」

「もう覚えたので大丈夫です」

「いい心がけです」

そうこうしているうちに教室へ到着した。月宮先生が扉を開けて中に入っていく。その後ろを追うように教室へと入る。

「皆さん、おはようございます」

「「おはようございます」」

「このクラスに新た生徒を迎えることになりました。ここへ」

指示に従い教壇に立つ。こそこそと話し声が聞こえてくる。

「ねぇ、ちょっと格好良くない？」

「そう？　普通だと思うけど」

「えー、地味じゃない？」

教壇に立つと色々な視線に晒される。興味を示してくれる者もいれば、全くの無関心の者もいる。ジロジロと観察するような視線が纏わりつく。やや居心地が悪い。

基本的に女子の方が興味示してくれている。男子は若干がっかりしたような表情だ。同性の転校生なんて面白みに欠けるだろう。

視線を彷徨わせるとニコニコした結依の姿が目に入る。

さっき言っていたまたあとでというのは同じクラスだったからなのか……。

「簡単に自己紹介をしてください」

あまり注目されているのも落ち着かないので手早く済ませることにする。

「一ノ瀬雪哉です。転校してきたばかりで分からないことがたくさんあるので、色々と教えてくださると嬉しいです。これからよろしくお願いします」

「一ノ瀬君の席は姫野さんの隣です。彼女は生徒会役員なので色々と手助けしてくれます。最初のうちは彼女に聞くと良いでしょう」

「分かりました」

結依の隣の席へと向かう。クラスの一番後ろの席だ。

机と机の間を通っていると、ものすごい勢いでこちらを睨みつける一人の男子生徒がいる。

マッシュルームカットの髪型に黒縁の眼鏡をかけている。

歯軋りが聞こえそうな上に目が血走っていて怖い。まだ一言二言しか言葉を発していないはずなのに……。

もしかして俺……何かやっちゃいました？　というか、何か出来るほど時間がたっていないんですけど……挨拶しただけだし。

なるべくそっちの方を見ないようにして席にたどり着く。

「よろしくお願いしますね」

「よろしく」

視線を感じるのでまだ睨まれているのかもしれない。理由が分からないのでとりあえず気づかないふりをしておこう。

転校して数分で早くも不安に襲われるなんて思わなかった。やっぱり貧乏人の俺には過ぎた場所だったかもしれない。

まぁ、買われた俺にはどうすることも出来ないですけどね……。

不安な気持ちで始まった新しい学校での生活。だが、そんな思いとは裏腹に淡々と時間割は進み、午前の授業が終わり昼休みとなった。

名門の学校と言われるだけあってかなりレベルの高い授業内容だった。内容が難しいだけではなくペースもかなり速い。

ただ、以前いた学校の先生が個人的に教えてくれた勉強の方が遥かに難しかった。

あれがあったからこそ今は余裕を持って授業を受けることが出来ている。前の先生たちには感謝しなくては。

「雪くん、少し学校を案内するのでついてきてくれますか？」

「分かった」

全部覚えているので案内などいらないが、結依の気遣いを無下には出来ない。それに転校初日ということもあり、何だか注目されているような気がして落ち着かない。なので教室を離れる口実が出来て助かった。

結依と一緒に教室の外に出る。


「おい、なんだか転校生と姫野さんすごく仲が良さそうじゃないか？」

「クソッ、転校生ってだけで隣の席でしかもお世話してもらえるなんて羨まし過ぎる」

「あれは生徒会役員の仕事としてやっているだけだろ」

「だよな！　さすが桜聖学園の聖女は優しいな」

「でも、羨ましいのは変わらないけどな」

「俺も転校生になろうかな」

教室を出る時、後ろから声が聞こえたが、小さ過ぎて内容までは聞き取れなかった。

ちらりと見ると、朝睨みつけてきた男子生徒も親の仇のように睨みつけてきている。

そんなに恨みを買うようなことをしたのだろうか……今後のためにも謝った方がいいのか？

そんなことを考えながら結依の後ろついていく。廊下を歩いていると、ちらちら見られているような気がする。

転校生が珍しいのだろう。数日は我慢しなくてはいけないかもしれない。

しばらく歩くと、とある教室に到着した。

「ここって生徒会室じゃないか？」

「そうです。この時間は誰もいませんから、周りを気にすることなく一緒にご飯が食べられます」

「案内じゃなかったのか？」

「もう全部覚えているのではないのですか？」

「まぁ……」

「そうだと思いました。あれは、教室から雪くんを連れ出すための口実です」

「そうだったのか」

「私はあそこで一緒にお昼を食べても良かったのですけど、あまり目立つのは嫌ですよね？」

「たしかに落ち着かないな」

どうやら結依は気を遣ってくれたようだ。

「それに雪くんと二人でお昼を一緒に過ごしたかったですし……」

恥ずかしそうに微笑む姿はとんでもない破壊力がある。思わず顔を逸らしてしまった。

「ゆっくりしているとお昼休みが終わってしまうので食べましょうか」

「そ、そうだな」

結依が手に持っていた袋から二人分のお弁当箱を取り出す。

「雪くんの分のお弁当も作ってきました！」

「ありがとう」

生徒会室にある大きめの机に向かい合うように座ると、綺麗に包まれたお弁当箱を開く。

「美味しそうだな」

「今日の唐揚げは自信作です。食べてみてください」

「いただきます」

おすすめされた唐揚げを一番先に食べてみる。お弁当だから作ってから時間が経っているはずだがそれでも十分過ぎるほど美味しい。

「美味しい」

「よかったです！」

俺の反応を見てから結依も弁当を食べ出す。

お弁当の中身はもちろん同じなので、誰が見ても同じ人が作っていることがまる分かりだ。教室でこのお弁当を二人で食べていたら注目されるのは避けられなかったかもしれない。

そんなことを考えているとふと今朝のことを思い出す。ちょうど二人きりなので気になっていたことを聞いてみることにする。

「クラスメイトのある男子に睨まれていた気がするんだけど心当たりがなくて」

「誰のことですか？」

まだ名前と顔が一致していないので特徴を思い出す。

「髪型はマッシュルームカットで、黒縁の眼鏡をかけている奴なんだけど……」

「おそらく、中村司《なかむらつかさ》君だと思います」

中村司……覚えるように名前を心の中でつぶやく。

「彼は雪くんが来る前まで私の隣に座っていた人です」

え……それって俺が転校してきたことで席を変えられて結依の隣の席を奪われたことになるのか。

結依は見ての通り美少女だし、隣の席になれただけでも嬉しいに決まっている。俺だったら結依が隣の席ならかなり嬉しい。毎日学校に来るのが苦じゃなくなるレベルだ。

それなのにいきなり転校してきた奴にその席を奪われたら――睨まれても仕方ないかもしれない。

もし、中村が結依に好意を持っていたとしたら尚更だ。

「それは――悪いことをしたかもしれないな……」

「そうなのですか？」

キョトンと首を傾げている。まさか自分の隣の席が価値があるとは思っていなかったのだろう。もしかしたら、美少女と隣の席になって喜ぶのは男子特有の感情かもしれない。

若干説明しづらいので話題を戻す。

「それで、中村ってどんな奴なんだ？」

「たしか……お父さんが会社の社長さんらしいです」

他にも親が社長だという人がこの学校に何人かいると結依が言っていた気がする。

周りに親が社長って人多過ぎじゃないか？

「中村君のところの会社は、工場専用の機械を作っているらしいです。だから一般的にはあまり有名な会社ではないんです。うちの会社では買っていませんけど、中村君のところから機械を買っている会社は結構あるらしいです」

だったら会社名を聞いても知らないだろう。そこはスルーしよう。

「結依と中村は仲がいいのか？」

隣の席だったらそれなりに仲がいいかもしれない。俺と早乙女だって席が隣だったから仲良くなることが出来たのだ。

「えーと……」

言葉に詰まりもごもごしている。この反応、もしかして……。

「その……私はあまり……」

結依の反応を見るにあまり関係は良好とは言えないようだ。

「クラスメイトのことを悪く言いたくないので……雪くんが自分の目で確かめてください」

「分かった。そうさせてもらうよ。教えてくれて助かった」

「いえ、何でも聞いてくださいね」

そう言って自慢げに胸を張る。制服だと体型が分かりづらいはずなのに存在感がやばい。

お昼休みも終わりに近づいてきたので、急いで弁当を食べ終える。残すなんて勿体ない。

米粒一つ残すことなく食べ終えた弁当箱を結依に返す。

「お手洗いに寄りたいので先に戻っていてください」

「了解」

結依と分かれ教室に戻る途中でさっき話題に上がった中村がこちらに向かって歩いてくる。

その後ろには一人の男子生徒を引き連れている。

その横を通り過ぎようとした瞬間声をかけられる。

「おい、転校生。あまり調子に乗るなよ。外から入ってきた癖に。姫野さんの隣の席になれたからっていい気になるな」

「え？　あ、あぁ……」

通りすがりに突然そんなことを言われたせいで気の抜けた声が出てしまった。

それが癪に障ったのか睨みつけられる。

「僕はＮＫＵＲの息子だぞ！」

「……ＮＫＵＲってなんだ？」

「僕の父さんの会社の名前だ！　まさか知らないのか？」

知らないけど……さっき結依に聞いておくべきだった。まさか怒らせる結果になってしまうとは。

中村は大きな声を上げると、馬鹿にしたような目をこちらに向けてくる。

中村の家から機械を買っている人たちからしたら知っていて当然なのかもしれないが、あくまで会社に向けたビジネスなのだから一般に名前が知られていないとしても不思議じゃないと思うんだが。

自分の周りにいる奴が知っているから、他の奴も同じように知っていて当然だと思っているのかもしれない。

「悪い。知らなかった」

「っ!?　ふん！　馬鹿にするな！」

そう吐き捨てると仲間を連れて去っていった。

すごいのは会社を経営している社長である父親であってその子供ではないだろう。

まるで自分のことのように会社の名を自慢していたが、違和感を感じてしまう。

結依が苦手意識を持っていたのが少しだけ分かったような気がする。正直今のでかなり苦手意識が出来てしまった。

歩き去っていく中村を呆然と眺めていると昼休み終了のチャイムが鳴る。俺は足早に教室へと向かった。


昼休みにこういったひと悶着があったが、それ以降は何事もなく午後の授業が進んでいく。

「この問題が分かる人はいますか？」

物理の授業で先生が黒板に書いた問題を指しながら言う。

方針的にはいくつかの式を連立して解く問題だが、いまひとつ問題の状況が分かりづらい。なので、状態を想像するのではなく式に頼って考える方がいいだろう。ただ、式を使って考えるとかなり式変形がめんどうくさいので厄介な問題だ。

教室は静まり誰も答えようとしていない。問題の難易度がそこそこ高い上に、みんなの前で解答することはプレッシャーになるだろう。間違えたら恥ずかしいと思ってしまう。

隣に座る結依は分かっているようだ。誰も答えないのなら自分が答えようとしているようで少しそわそわしている。

だが、それよりも先に手が上がる。

「では中村君、前に来て解答を作ってみてください」

「はい」

前に出ると式を書き始める。

「この図形を使ってもいいですか？」

「もちろん」

先生が書いた図形に必要な情報を書き加える。カツカツとチョークの音を鳴らしながら書き進めていく。

そして一つの答えを導き出したところでチョークを置いた。

先生が確認するように見ると口を開いた。

「……良く出来ましたね、正解です。席に戻ってください」

「はい」

席に戻る前にこちらをチラリと見ると自慢げに鼻で笑う。

ほとんどの人は気づいていないと思うが、隣の結依は気づいたようだ。目元がピクピクしている。

完全に嫌われてしまったようだ。父親の会社の名前を知らないと言ったことが決定的だったのだろう。中村のプライドを傷つけてしまったのかもしれない。

初日でここまで嫌われるなんて思いもよらなかった。

その後の授業でも同じようなことが何回かあった。その度に結依の頬が若干引きつっていた。

途中から中村よりも結依の方が気になってしまい気が気ではなかった。

結依の機嫌を気にしながら長い初日が終わった。

それぞれ帰り支度を始める。帰る人もいれば、これから部活に行く人もいるだろう。クラスが騒がしくなり始めた時、中村の声が自然と耳に入る。

「俊樹！　早くしてくれよ」

「ご、ごめん」

俊樹と呼ばれる大柄な男子生徒。おどおどした動きで中村の元に駆け寄る。

「遅い。ほら、僕の鞄持ってよ」

「う、うん」

「僕は早く帰りたいんだ」

そう言って足早に教室を出ていく。その後を男子生徒は急いで追う。俺はその光景を眺めていたが、二人が見えなくなったところで帰り支度を再開した。

モヤッとした気分になるが、今日来たばかりの俺が出来ることなんてない。何も分からない状態で口を出すのは余計なお世話だろう。

結依は生徒会として仕事があるようなのですぐに帰ることは出来ない。先に一人で歩いて帰ろうかと思ったが、一緒に帰りたいから待っていてほしいと言われたので、待つことにする。

これ以上機嫌を悪くすると帰ってから大変なことになるかもしれない。結依には笑っていてほしい。

以前の学校ではバイトが忙しいため部活動に入っていなかったが、これを機に何かに入ってみたらどうかと結依に提案された。

部活動に対して憧れはあったので考えてみようと思う。とりあえずいくつか実際に見て回った方がいいかもしれない。

そんなことを考えていると、隣から声をかけられる。

「よっ、転校生、挨拶をちゃんとしていなかったな。俺の名前は成瀬涼真《なるせりょうま》だ。よろしく、一ノ瀬って呼ばせてもらっていいか？」

「あ、あぁ。よろしく。えー、こっちは成瀬って呼べばいいか？」

「おう、それでいいぜ」

結依とは反対側の席に座っていた人だ。

明るい色をした短い髪、身長は俺と同じか少し低いくらいだ。体も引き締まっており、おそらく運動部なのではないかと思う。全体的に好青年といった印象を受ける。

隣の席だったのにもかかわらず、なかなか話す機会がなく一日が終わってしまった。このタイミングで声をかけてきてくれて正直助かった。隣の席なのにちゃんと挨拶もしてないなんて感じが悪いだろう。

「転校初日はどうだった？」

「前の学校と違うところが多くて驚いた。それに……刺激的な一日だったかな」

「それって中村のことか？」

「えっ……？」

「実は昼休み、中村に絡まれているのをたまたま見ちゃったんだよ。それに、アイツも一ノ瀬のことをかなり意識していただろ？」

「……そうみたいだな」

「こう言っちゃ何だが、今日みたいに高圧的な態度をとるせいで周りから良く思われていないんだよ」

何というか……想像通りだ。今日一日だけなのに俺もあまり関わりたくないと思ってしまう。

「何を言われたかまでは分からなけど、あまり気にしない方がいいと思うぞ」

成瀬は俺が思い悩んでいると思って心配してくれて声をかけてくれたらしい。たしかに成瀬の言う通り中村のことをどうしたらいいのか悩んでいた。

よく見ているな……きっとそれだけじゃない。声をかけてきてくれることから気配りも出来るのだろう。

「ありがとう。気が楽になったよ」

「なら良かった。初日から嫌な思いで一日が終わるのは良くないからな」

隣の席が良い人ですごく安心した。今のところ一番関わったクラスメイトといったら、結依を除くと中村だったので正直このクラスでやっていけるか不安だった。でも、成瀬のような人もいることが分かったので、心が軽くなったように感じる。

「隣の席になったのも何かの縁だし、困ったことがあったら言ってくれ」

「ありがとう」

「別に困ったことがなくても話しかけてくれて良いからな」

冗談めかして言う成瀬。

「あぁ」

「俺、部活に行かないといけないから。また明日な」

「また明日」

成瀬は軽く手を振り教室を出ていった。

俺も結依の用事が終わるまでの間、部活動を見て回るために手早く片付けを終えると、鞄を持って教室を出る。部活動を見学するのは良いものの、校内はかなり広いため部活を見て回るのも一苦労だ。

敷地がかなり広いため部活動をやっている人たちものびのび活動している。それに設備も充実していた。さすがお金持ちの学校だ。

どの部活に入るか考えると少しワクワクするが、それと同時にこれまでの生活との差に場違いなのではないかと思ってしまう。

最初に野球部、サッカー部と、どこの学校にもあるような人気の部活を見に行った。そしてその近くで活動していたテニス部を見たところで、結依からメッセージが届いていたことに気づき慌てて待ち合わせ場所へと急いだ。

待ち合わせ場所が見えて来た。

すでに結依が待っていた。車の中ではなく外で待ってくれている。慌てて足を速めて近寄る。

「待たせてごめん」

「いえ、大丈夫ですよ」

嫌な顔一つせず微笑んでくれる。学校にいる時は着信を切っているのでなかなか気づかない。今後はまめにメッセージが来ていないか確認した方がいいかもしれない。これまでスマホを持っていなかったので加減が分からない。

「それじゃあ、帰りましょう」

「そうだな」

橘さんがタイミングを見計らって車のドアを開けてくれる。結依が先に乗り込んだあとに俺も乗り込む。

車が動き出したところで結依が口を開く。

「部活を見学してきたんですよね？」

「あぁ、結依がせっかく提案してくれたことだし、良い機会だから部活に入ろうかなって」

「いいと思います！　雪くんはこれまで部活動に入ったことがないですから、色々と見てから決めた方がいいと思います」

「え？　……あ、あぁ、そうだよな」

部活に入ったことがないって言ったか？

もしかしたら自分で言ったことを忘れているだけかもしれないから、特に気にする必要もないか。

「まだ三つしか見学に行けていないんだ。この学校広過ぎる」

「一週間くらいかけてゆっくり見ればいいと思いますよ。そうだ！　明日は私が案内します」

「助かる。一人で学校をウロウロするのは少しだけ抵抗があったんだ」

何というか気恥ずかしい。以前の学校とは雰囲気も違う。おまけに、お金持ちの人が多いと身構えているからか少しだけ息苦しい。でも、結依が一緒に来てくれるなら大丈夫だろう。

話がひと段落したところで中村のことを話しておく。

お昼休みに絡まれて、父親の会社名を知らなかったせいでプライドを傷つけてしまったかもしれないということ。それから妙に意識されてしまったということ。

中村の話を始めると若干顔を顰めたが黙って聞いてくれた。そして大体のことを話し終えると大きなため息をついた。

「はぁ……そういうことでしたか。いきなり雪くんを挑発するような態度を取り始めたと思ったら……」

「やっぱり気づいていたよな」

「当たり前です！　私の雪くんにあんな態度を取るなんて許せません！」

「結依のものじゃ――」

いや、結依のものだったわ。反射的に否定しそうになったが、俺は買われた身だったのを思い出したので言葉を止めた。

「何か言いましたか？」

「何でもない」

興奮していて聞こえていなかったようだ。

「雪くんは何もしていないのに、あんな態度を取られるなんて理不尽だと思います！」

怒って頬を膨らませる姿がとても可愛く、にやけそうになるのを必死に抑える。俺のために怒ってくれているのだと思うと嬉しい。

だけど、俺自身はそこまで理不尽なことだとは感じていない。俺も彼の父親の会社の名前を知らなかったことで彼のプライドを傷つけてしまったので、一応こちらにも非があると思う。

それに、バイトをしているとこんなことよりも何倍も理不尽なことがあるのだ。以前のバイト先では、お客にとんでもない言いがかりをつけられたことがある。

バイト先の飲食店で、出てきた料理が写真と全然違う！　と文句を言われお金は払わないと騒がれたのだ。

しかも全部食べ終えたあとだ。俺が高校生だったということもあり、相手の態度はかなり大きかった。お客相手に勝手なことは出来ず、理不尽だと分かっていても対応しなくてはいけなかった。

今思い返しても頭が痛くなる。そんな理不尽は思いのほか多い。そのせいで鍛えられたのかもしれない。

そう言えば、あの時助けてくれた先輩は元気にやっているだろうか？

「気にしなくていいよ。こっちにも非はあるし、そこまで理不尽だとは思っていない」

今回の中村の態度なんて可愛いものだ。いちいち気にしていたらバイトなんて出来ないのだ。

「結依もあまり気にしないでくれ。俺は大丈夫だから」

安心させるように目を見て伝える。すると突然俯くと肩を震わせる。

あれ？　もしかして怒らせた？

せっかく俺のために怒ってくれているのに、気にするな、なんて言ったのが良くなかったのかもしれない。たしかに失礼だったかもしれない。何か言わなきゃいけないと思い慌てて口を開く。

「えーと……だから……」

うまく言葉を出せずにいると、結依の顔がガバッと上がる。

「素敵です！」

「……はい？」

「雪くんは本当に優しいです！」

「そ、そうか？」

「はい！　ますます好きになっちゃいます」

想像と違う反応に戸惑ってしまう。ただ、バイトで理不尽な経験があり麻痺しているだけなのにすごい高評価だ。

顔を赤くし、うっとりとした表情を浮かべている。

「心も広くて、背中も大きくて、体も鍛えられていて逞しくて素敵です」

最後の二つは関係ないよね？

どうやら結依の心の琴線に触れたらしく、機嫌が良くなる。そしてとろけた表情をでこちらを見てくる。

「っ!?」

魅力的な表情に思わず目を逸らす。表情一つでも思春期の男子にはかなりの攻撃力がある。しかも車内という近い距離だ。

平静を装うために心の中で円周率を唱える。

3.14159265358979323846264338327950288……

覚えている限りの数字を思い浮かべ、早く家に着くことを願う。

くそっ、いくら円周率を唱えても無駄じゃないか！

まだまだ覚えているが、効果がなさそうなのでやめる。気になってしまい結依の表情を何度かチラ見したのは言うまでもない。

腕枕の真実と定期試験

学校二日目で分かることが少しずつ増え、クラスメイトの名前と顔も一致し始めた。話しかけてくれる人もいるので思ったよりも早く馴染めるかもしれない。ただ、昨日に引き続き中村との関係は良くない。

そんな中村はクラスのみんなからも若干の距離を置かれているようだが、学力はかなり高いらしい。その点はみんなも認めているそうだ。

学年内でも上位の実力を持っているらしく、結依が、以前自分よりも高い順位だったこともあると悔しそうに話していた。結依も学年で一桁に入るほど高い学力を持っている。そのことからも中村の学力の高さが分かる。

慣れない学校生活は時間が過ぎるのが早いような気がする。気づけばもうお昼だ。今日は結依のお弁当はないので売店でお昼ご飯を買う予定だ。

おまけに結依はやる事があるらしく、お昼休みになったらすぐに教室を出て行ってしまった。

お昼代として一万円を渡されている。こんな大金を渡された時は手が震えてしまった。財布の中に渋沢さんが入っているのは人生初めての経験だ。まさか津田さんよりも先に渋沢さんに会えるなんて……はじめまして。

財布が一気に重くなったような気がする。

早速売店に向かおうと席を立つと声をかけられる。

「もしかして一ノ瀬も購買に行くのか？」

「あぁ。成瀬もか？」

「おう、どうせなら一緒に行こうぜ」

タイミング良く誘われたので二人で売店へと向かう。すでに多くの生徒が買いに来ている。

実は売店で何かを買うのも初めての経験だ。以前の学校にもあったが、そもそも俺には買うためのお金がなかったのだ。お弁当を分けてくれた人たちには感謝しても仕切れない。

一生縁のない場所かと思っていたがどうやら縁はあったようだ。少しだけワクワクしながら進んでいく。

手頃なサンドイッチが目に止まったので買おうと近づくと思わず動きを止めた。

「サンドイッチを買うのか？」

成瀬は後ろから覗き込むように商品を見ている。

「……何だよ、これ……」

「おいおい、まさかお前もサンドイッチを見たことがないタイプの人間か？」

いや……どんなタイプだよ。貧乏だったからと言ってサンドイッチを知らないなんてことはない。

「いや、流石にサンドイッチくらい知っている。むしろ知らない人なんているのか？」

「あー……物すごいお金持ちだとサンドイッチを食べる機会がなくて知らない奴はいたぞ？」

「は？　……なんで食べる機会がないんだ？」

「そりゃあ、もっと高級なものを食べるからサンドイッチなんて食べないからじゃないか？」

信じられない発言に言葉を失う。サンドイッチは贅沢な料理じゃないのか？

パンに野菜も肉もはさまっているご馳走だぞ！

以前のバイト先で売れ残りのサンドイッチを分けてもらった時は、家族で一つのサンドイッチを分け合ったほどだ。ちなみに父さんと母さんがパンの部分で俺が中身を食べた。ハム美味しかったな……。

「結局サンドイッチにするのか？」

昔を思い出していたが、成瀬の言葉で現実に戻される。

「そうだな、久しぶりだし」

手を伸ばして商品を取ろうとして再び手を止めた。忘れかけていた問題を思い出す。

「これって……間違いじゃないよな？」

値札を指差して言う。

「うん？　間違いじゃないと思うけど」

そこには予想の十倍ほどの値段が書かれていた。

いくら何でも高過ぎるだろ、サンドイッチだぞ!?

結依が一万円を渡した理由が分かった気がする。さすがお金持ちの学校だ。

一般的な値段のサンドイッチでさえ買うことをためらうのに、この値段のサンドイッチを買う勇気はない。

「一番安いものってどこに売っているか教えてくれないか？」

「別にいいけど」

不思議そうな顔をしながら成瀬が案内してくれる。隅っこの方に他の商品と比べて明らかに安い値段の商品が並べられている。

まさか値札を見て安心する日が来るとは思わなかった。

「多分このへんが一番安いと思うぞ」

よく見慣れた値段の商品が並んでいる。サンドイッチも安心できる値段だ。

「あぁ……落ち着く」

「そ、そうか」

迷わずサンドイッチ二つとおにぎり三つを手に取り購入する。渋沢さんがいれば問題なく買える。結依と生活を始めてからたくさん食べられるようになり、胃袋が大きくなったような気がする。

商品を受け取りその場を後にする。これだけ買っても、さっきのサンドイッチの方が高い。なんて恐ろしい……。

ちなみに成瀬は俺が怯んで買えなかったサンドイッチを二つも購入していた。とんでもない大物だった。

購入し終えた俺たちは教室に戻り、そのままの流れで一緒に食事をすることになった。

「桜聖の聖女と呼ばれてる姫野さんにお世話してもらえて嬉しいだろ」

サンドイッチを食べているとそんなことを言われる。聞きなれない言葉に思わず聞き返す。

「桜聖の聖女？」

「この学校には桜聖の聖女と呼ばれる生徒が各学年に一人ずついるんだよ」

「知らなかった……」

「姫野さんは美少女でおまけに優しいから人気もダントツだ。俺が知っている限りでも、これまで二十人以上に告白されているな」

「へ、へぇ……」

「まぁ、全員振られていたけどな」

モヤモヤした気持ちが収まる。彼氏でも何でもないが、好意を抱いている相手なのだからしょうがないことだと思う。

結依が俺のことを大切に思ってくれていることは伝わっている。だが、それは恋愛感情とは別のものだろう。そもそも今は対等な状態ではないので、俺はスタート地点にすら立てていない。

「だから男子からの視線が鋭いんだな」

中村だけではなく、その他の男子からの視線が怖い理由が分かった。

「成瀬はいいのか？」

思わず出た疑問を口にしてしまった。失敗したと思ったがもう遅い。

成瀬はばつが悪そうな顔をして、ためらいがちに口を開く。

「いや……ほら、彼女いるからさ……」

右頬をぽりぽりと掻きながら恥ずかしそうに言う。

「なるほど」

成瀬は整った顔立ちをしている。むしろこのルックスで彼女がいない方が驚きだ。気まずそうにしているので、もしかしたら自分の話になると恥ずかしくなってしまうタイプなのかもしれない。

そんな時、昼休みの終わりを告げるチャイムが鳴る。俺たちは慌てて残りを口の中へと詰め込んだ。


放課後になり、俺は結依に連れられて部活見学に行っていた。

外の部活は見て回るのも一苦労なのでまずは校舎内にある部活から見て回ることになった。室内だと一人で見学しづらい場所でも生徒会役員である結依がいてくれるおかげでスムーズに行える。俺一人で回るよりも短時間でたくさんの部活を見て回ることが出来ている。

いくつか見て回ったが、いまひとつピンとくるものがない。

「入ってみたい部活は見つかりましたか？」

「うーん……今のところは……」

「ゆっくり決めればいいですから焦らなくて大丈夫です。雪くんがやりたいと思える部活を見つけましょう」

　会話をしながら廊下を歩いているとかなり視線を感じる。転校生である俺が珍しくて見ていると言うよりも、結依が視線を集めているといった感じだ。


「やっぱり姫野さんすごく可愛いよな」

「だよな！　あの清楚な感じがすごく良い」

「まさに聖女って感じ」

「ついつい見ちゃうよな。胸も大きくてスタイルもいいしマジで最高だよな」

「おい、バカ！　聞こえたらどうするんだよ！」


　こそこそと話し声が聞こえてくる。小声で話しているつもりだろうが、興奮しているせいで声のボリュームが大きくなっている。

　お金持ちの学校の生徒でもこういった男子生徒はいるんだな。

　廊下を歩くだけでこんなにも注目されるなんて、やっぱり清楚系美少女である結依はかなりの人気を誇っているようだ。

　俺も最初は清楚系だと思っていたけど……意外と大胆というかなんというか……。

ふと気づいたことだが、結依に向けられる視線と違って俺に向けられる視線はかなり鋭い。


「隣にいる奴誰？」

「最近転校してきた奴だよ」

「なんで転校生と一緒にいるんだ？」

「案内じゃないか？」

「あぁー、生徒会の仕事か」

「良かった。もしあいつが姫野さんの彼氏なら、自分が何するか分からない」

「チッ」


嫉妬というより殺意の視線だ。おまけに舌打ちまで聞こえてくる。めちゃくちゃ怖い。

結依を含む桜聖の聖女はみんな人気が高くファンクラブまで存在しているらしい。

三年の聖女は大人びた魅力を持つ大和撫子のような美少女で、一年の聖女はギャル風の小悪魔的な美少女らしい。全て成瀬から教えてもらったことだ。

一年の聖女は入学してあまり時間が経っていないのにもかかわらず、すごい人気を得ているらしい。俺と同じ二年生の中でも告白した人がいるほどだ。他学年にまで知れ渡っているなんてすごいと思う。

ちらりと結依を見ると嬉しそうに隣を歩いている。

長いまつ毛に大きな目。淡い色の唇は思わず視線が引き寄せられてしまう。間違いなく美少女だ。そんな結依と同じく聖女と呼ばれる人が他にもいるなんて信じられないな。

「どうしましたか？」

俺の視線に気づいた結依はこちらを向き不思議そうな表情を浮かべている。

「いや……結依が桜聖の聖女と呼ばれていることを思い出したんだ」

見ていたことがばれて恥ずかしくなり、言い訳のように口にする。

「っ!?　その呼び名は恥ずかしいのでやめてください！」

顔を赤くして俯いてしまう。

「それ、誰に聞いたんですか？」

「成瀬だけど、ほかにも言っている人がいてそれが耳に入って」

「そうですか……それなら、知られるのも時間の問題だったでしょうから仕方ありませんね」

諦めたようなため息をつく結依。

気になっていたことがあったので聞いてみることにする。

「他の聖女と呼ばれる人たちってどんな感じなんだ？」

「…………雪くん？」

さっきまで恥ずかしそうにしていた表情がなくなる。目から一瞬光が消えたような気がするし、若干声がいつもより冷たいような……。

「ダメですよ」

「え？」

「雪くんは私のものなんですよ！　分かっていますか？」

「は、はい」

結依の剣幕に気圧されてしまう。

「もし他の女の子ばかりよそ見するのなら――」

「するのなら？」

結依の顔が不意に近づいてくる。

「他の女の子なんて目に映らなくなるほど、雪くんが誰のものか分からせてあげますからね」

結依が妖艶に微笑む。耳元でささやかれ頭がくらくらするし、心臓をつかまれたように胸が苦しい。

「っ!?」

「すごいことしちゃいますから、覚悟してくださいね！」

さっきの妖艶な笑みとは違い、どこか悪戯っぽく笑う姿はまた違った魅力がある。

結依の色々な表情を見られるなんて俺はどれだけの徳を前世で積んだのだろうか？

「橘さんが迎えに来るまで時間がありますから、もう少し見てまわりましょう」

「そうだな」

その後、橘さんが迎えに来る時間まで二人で部活を見て回った。その間、この大きくなっている鼓動が結依に聞こえてしまわないか気が気ではなかった。

夕食を食べ終えた俺たちは順番に風呂に入ることになり、俺が先に入った。今は結依が入浴中だ。

一足先に寝室で結依のことを待つが落ち着かずそわそわする。自然と昨夜の出来事を思い出してしまう。

発端は『腕枕は女の子の憧れなんです！　私も雪くんの腕枕で寝てみたいです』そんな言葉から始まった。

腕枕は女の子の憧れかどうかは分からないが、結依がしたいと言うならしょうがない。腕枕初体験でどうしたら正解なのか分からなかったので、とりあえず腕を横に広げてみた。

そこに結依が横になる。ふわりと甘い香りが広がり、腕に頭を乗せると重さがずしりと伝わる。当然物理的な距離が近くなる。目の前に結依の綺麗な顔が広がり心臓の鼓動が速まった。

結依も顔をほんのり赤くし恥ずかしそうに目を伏せていた。『すごくドキドキします。眠れないかもしれません』なんてことを言っていた。俺も同じような気持ちで徹夜を覚悟したくらいだ。

だが、眠れないと言っておきながら結依は、ほんの十分くらいで規則正しい呼吸となり、すやすやと寝始めてしまった。

なんでだよ!?　ドキドキは!?

若干裏切られたような気持ちになったが心地良さそうな寝顔を見ていたら許せた。

結依は眠ったが俺は全然眠ることが出来なかった。

それがいけなかったのだ。

以前古本屋でバイトをしていたことがあり、暇な時間は店の本を読ませてもらっていた。そこには色々な本があり中にはライトノベルから恋愛小説に推理小説、伝記、ビジネス本まで幅広いジャンルの本が置かれていた。

バイトをしている中でかなり仲良くなったお客さんがいた。その人に勧めてもらった本の中には恋愛小説もあった。

その小説にはちょうど腕枕をするシーンが含まれていた。主人公とヒロインがイチャイチャしておりとても甘い雰囲気を作り出していた。読んでいるこっちまでもその甘い雰囲気に飲まれてしまいそうになる程だ。

そんな甘い雰囲気を作り出す腕枕には若干の興味と憧れがあった。そしてその腕枕をいざ実践してみると、確かにドキドキしたが現実と創作の違いを思い知らされた。

頭は思っていた以上に重いし硬い!

冷静に考えれば当然だ。頭なのだから硬いに決まっている。いくら女の子だからと言っても頭まで柔らかいということはない。むしろ柔らかい方が怖い。

結依が寝るまでの十分くらいは問題ないがそれ以上になると単純に腕が痛い。寝てしまっていればまだ良かったのかもしれないが、寝れなかったのだから仕方がない。

結依が少し寝返りをうとうとすると、骨がぐりぐり当たるのだ。おまけに腕が痺れてきてドキドキどころではなくなってしまう。

そう……俺は夢を見過ぎていたことを実感した。

お願い！　動かないで！　もしくは降りてくれ！

そこからは戦いだった。結依に心地良く寝てもらうために痛みに耐える。

俺は枕、俺は枕、俺は枕、俺は枕……だから痛く……ない！

問題はそれだけで終わらなかった。痛いはずだが全然それが嫌ではなかったのだ。

確かに痛い。だが、どうにかしてそれを解消しようと行動していなかった。寝てしまっているのだから、そっと腕枕を止めればいいのに止めない。その時ある考えが浮かび上がった。

いやいや……そんなはずは……。

これまでの貧乏生活で苦しい生活でも嫌だと思ったことはなかった。それにどんなに辛いバイトであっても乗り越えられた。これは自分が我慢強いからだと思っていたが、もしかしたら違っていたのかもしれない……。

結依に腕枕をして生じる痛みも嫌じゃない。

もしかして俺って……Mの才能が……ある……？

別に痛いことが好きなわけではないし辛いことだって好きなんかじゃない。むしろ嫌いだ。

これは自信を持って言える。だが、今の状況が嫌ではないのも事実。

寝られない時間が続き、気づけばもう深夜だった。そのせいで若干変なテンションになっていておかしな考えばかり浮かんで頭の中がぐちゃぐちゃになっていた。ようやく寝たのは外が少し明るくなり始めた頃だった。

今考えなおしてみると変なテンションになってしまったせいだと思う。深夜テンションというやつだ。

別にMなんかじゃない。俺は我慢強いだけなんだ！

そう結論付けた。そう、あれは一瞬の気の迷いというか、考え過ぎというか……。

とにかく俺はノーマルだ。

ようやく一つの結論を自分の中で出したところで寝室の扉が開き結依が入ってくる。

「待たせてしまってごめんなさい。髪の毛が長いと乾かすのに少し時間がかかってしまいます」

綺麗な黒髪を指先でいじりながらこちらに近づいてくる。

「どうしたんですか？」

思わず視線を逸らしてしまった。お風呂上がりの結依が身に纏っているのはネグリジェだ。ゆったりとしてフリルやレースが装飾されている可愛らしいデザインだ。美少女である結依がそれを着ると破壊力が尋常じゃない。

おまけに結依が着ているネグリジェは若干透けている。うっすらと下着が見えてしまっている。

完全に透けて見えているのではなくちょっと見えている、というのがまた扇情的だ。

待て。今のはまずい。すごく変態みたいな思考になっている。頭を振ってリセットだ。

昨日見たから平気だと思っていたが、考えが甘かった。結依にそういった視線を向けては駄目だと改めて心に誓う。結依は恩人なのだ。

「大丈夫ですか？　顔が赤いですよ」

そう言って手のひらを俺のおでこの部分に当てる。

「……熱はないみたいですね」

貴女のせいですよ。

「大丈夫だから……早く寝よう」

「そうですね」

ベッドの中に入ってくる。

「雪くん、今日も腕を貸してくれませんか？」

「また腕枕をするのか？」

背中に嫌な汗が流れる。

「いえ、腕枕は昨日したので、今日は雪くんの腕を抱きしめながら寝てみたいです」

今日は抱き枕パターンか。それなら痛くないか……。

「分かった」

結依の方に腕を近づける。すると勢い良く腕を抱きしめると、手を恋人繋ぎのように握ってくる。結依に抱きしめられた腕はすごく幸せな感触に包まれる。

豊かな胸が押しつけられているのが分かる。ぎゅっと強く抱きしめられると形が変わっているのが腕を通して伝わってくる。

これは押しつけられているというより挟まれていると言った方がいいかもしれない。

「雪くんが近くに感じられてすごく安心します」

顔を俺の肩に押しつけている。

「お母さんが死んでしまってから、夜一人で寝ることが寂しくてとても怖かったんです」

まるで呟くように話し始める。

「お父さんも仕事で家にいないことが多かったですから、夜は独りぼっちだということを強く感じてしまっていたんです」

結依の気持ちは少しだけ分かる。俺も小さい頃は両親が仕事で家にいない日が多く、一人で夜を過ごすことも多かった。夜バイトは時給がいいのだ。

「だから小さい頃、寝る時はお母さんが買ってくれたぬいぐるみを抱きしめて寝ていました。そうすれば寂しさを少しだけ和らげることが出来たんです。そのせいで何かを抱きしめていたり、近くに人がいないと寝られなくなってしまったんです」

俺は反対側の手で結依の頭を撫でる。

「大丈夫だ。今は俺がいるから安心して寝てくれ」

「はい、ありがとうございます」

そっと目を閉じる。結依が寝るまでの間ずっと頭を撫で続ける。少しでも寂しさを忘れてもらえるように優しく……。

呼吸が変わり寝たのが分かる。手を止め寝る準備を始める。

スースーという結依の寝息を聞きながら俺もゆっくりと目を閉じる。

結依が安心して寝られるのなら、いくらでも枕代わりになろう。

腕を強く抱きしめられているせいで若干痺れ始めたが関係ない。腕が動かず関節技が決まっている気がしなくもないが関係ない。俺は、枕だ！

とりあえずどんな状態でも寝られるように訓練しようと心に誓い眠りに落ちた。


最近家に帰ってくるとすぐに結依は勉強を始める。どうやらテストが近づいているらしい。その間は俺も問題集をやることにした。以前の学校で使っていた問題集と同じものだ。

先生たちからは問題集を借りていたのだが転校時に返してしまった。だけどそのことを知っていた結依が全く同じものを用意してくれた。

黄色や青色、赤色と難易度によって色が分かれている。一番難しいと言われる赤色の問題集を佐々木先生に薦められた。やりごたえのある問題集だ。ちなみに二周目に突入しており、ほとんどの問題は難なく解くことが出来る。

他にもいろんな先生からたくさん問題をもらっていたが、プリントだったのでどこから引用してきたものなのかは分からない。

しばらく集中して解き続けていると結依に声をかけられる。

「夕食の準備が出来ましたよ」

時計を見ると予想以上に時間が経っていた。

「ごめん。集中していたせいで手伝えなかった」

「いえ、大丈夫ですよ。今夜も協力してもらうつもりですから」

この家に来てからずっと結依と一緒のベッドで寝ている。心臓に悪いので、床でもいいから一人で寝させてくれと言ったが、俺の意見は却下されてしまった。結依の意見が最優先なのだ。

最近では結依と一緒に寝ることが当然のように感じてきており、抵抗がなくなってきている。

人間の慣れって恐ろしい。

いろんな寝方を試してみたいらしく、結依の言う協力というのはそのお手伝いをすることだ。具体的に言えば俺を枕にしている。

結依が昨日の夜恥ずかしがりながらも、ワクワクした表情で提案してきた。あの時の顔は今でも忘れない。

「楽しみです！」

かなりご機嫌な様子で鼻歌を歌い出しそうな勢いだ。楽しそうで何よりだが、刺激が強過ぎるということを自覚してほしい。

やっぱりペット感覚なのかもしれない。犬か猫か……出来れば格好の良い動物がいいな。

「早くご飯食べて一緒に寝ましょう」

腕を引っ張られながらテーブルへと向かう。背中には変な汗をかくし、緊張でせっかくの食事の味がわからなかった。

寝る時には自分は枕だと言い聞かせて平静を装うことしか出来ない。いつになったら緊張しなくなるのか分からない。出来るだけ早くその日が来ることを願わずにはいられなかった。

ちなみに今日は再び腕枕だった。


色々な寝方を試し始めてから数日が経ったある日、学校が終わり我が家に帰ってきた時のことだった。

学校では相変わらず中村が俺を意識しているようだ。その度に結依の機嫌が悪くならないか気になってしまう。

今日は中村からのちょっかいがなかなか多かったが結依の機嫌は悪くなることはなかった。気にする必要はないって言ったことが奏功したのかもしれない。

家に帰ってきた今も結依の足取りが軽いような気がする。そして何かを待っているかのようにそわそわしている。

不思議に思っていると、家のインターホンが鳴る。

何気にこの家に来て初めて聞いた。この家どころかこれまでの生活でも聞いたことがなかった。

これまでインターホンが鳴るという生活を送っていなかったせいで突然鳴ると驚いてしまう。日頃からインターホンが鳴る生活をしている人はこんなことがないのかもしれないが……まさか貧乏生活にこんな問題があるなんて思わなかった。

もしかしたら、訪ねてくる人が大体借金関連の人だったということも原因かもしれない。なるべく早く慣れないといけないな。いつまでも誰かが来るたびにビクッとしていたら恥ずかしい。

「あ！　来ましたね。時間ちょうどです」

結依がすぐさま玄関の方に駆け寄っていく。驚くほど軽い身のこなしだ。

ドアを開け荷物を受け取って戻ってくる。その顔にはワクワクした表情を浮かべて荷物を大事そうに抱えている。いったい中身は何だろうか？

「結構重いですね」

不思議そうな顔をしている。結構大きめの段ボール箱なので上に胸が乗っている。

中身はまったく予想がつかないが、もし想像よりも重たいのなら原因はそれだと思う。

「何が届いたんだ？」

「それは今日の夜までの秘密です！　見つけて迷わず購入しちゃいました」

これがお金持ちに許された権利、衝動買いというやつか。

「速達は便利ですね」

速達……そんなに欲しかったものなのか。

「えへへ、今から夜が楽しみです」

緩んだ表情を浮かべふにゃりと笑っている。

とても嬉しそうでいいのだが、箱の中身がなんなのか分からなくて怖い。

夜に使うものでそこそこ大きいもの……全く見当がつかない。変なものじゃないよね？

結依はまるでスキップをするみたいな足取りで、段ボール箱を持って寝室の中へと入っていった。

すぐに荷物を置いてきた結依が戻ってくる。いったい届いたものが何なのか分からないため若干の恐怖を感じながら夕食を食べ終える。

昨日と同じように俺が先に風呂に入り結依を寝室で待つ。近くには結依が嬉しそうに運んだ段ボール箱が置かれている。中身が気になっているせいかすごい存在感を放っているように感じられる。

中身を確認しようか迷っていると寝室の扉が開かれる。

「お待たせしました」

「あ、あぁ」

こっそり中身を見ようとしていたせいで歯切れの悪い返事になってしまった。そんな俺の返答を気にした様子はなく、まっすぐ段ボール箱へと向かうと俺の目の前に運んでくる。

「それでは開けますね」

カッターもすでに準備されている。手際良く箱を開けていき、中からものを取り出した。

「じゃーん！　どうですか？」

「何だ、これ？」

見たこともない変な形のものが出てきた。手を伸ばして触ってみる。

「もしかして、枕か？」

「正解です」

枕にしては変な形をしている。Ｌ字をしているというか、半分だけ縦に大きい。そして不自然に空洞が出来ている。

あまりに不思議な形をしているのでぱっと見だと枕なのか分かりにくい。

「そんな変な形の枕が欲しかったのか？」

正直拍子抜けって感じだ。ある意味予想外のものだったが、何でこんなのが欲しかったのか分からない。普通の枕ではダメなのだろうか？

「ふふんっ！　これは普通の枕ではなくてですね、腕枕用の枕なんです」

「はい？」

よく分からない説明に思わず聞き返してしまう。

「この枕は腕枕をするために使う枕なんです。百聞は一見にしかずです。まずは使ってみましょう！」

そう言うと今まで使っていた枕をどけて変な形の枕を置く。

「雪くん、横になってみてください」

言われるままに横になる。

「あっ、そこの隙間に腕を入れて横になってください」

不自然な空洞にはちょうど腕一本入るくらいの隙間が出来ている。腕をその隙間に通し枕に頭を置く。

本当に何なんだ、これ？

「完璧です。そして私も横になれば完成です」

結依が俺の腕が置かれている部分に頭が来るように横になる。たしかに腕枕をしているような感じになるが、枕で腕はガードされているため全く痛くない。

「どうですか？　これなら痛くないですよね？」

驚いて結依の顔を見る。すると困ったというか申し訳ない表情になる。

「実は私も、雪くんに腕枕をしてみたいって思ったんです。でも、ちょっぴり恥ずかしかったので寝ている最中にこっそりやってみたんです」

「え？」

「そうしたら思っていた以上に頭が重くて痛くてですね……」

俺、腕枕されたの？　本当に？

「痛いのに我慢してくれていたと思うと申し訳なくて……ごめんなさい」

「い、いや……大丈夫だったから」

そんなことよりも、腕枕をされたという方が衝撃的だ。どうせなら起きている時にしてほしかった。

「雪くんに痛い思いはしてほしくないです……でも、どうしても腕枕してもらった時の安心感を忘れられなくて……」

そんなに気に入って貰えたのなら、痛みに耐えて枕になった甲斐があった。

「色々調べてみたらこの枕を見つけたんです。これなら大丈夫かなって……ダメですか？」

不安そうに目を潤ませながら上目遣いでこちらを見てくる。今は腕枕用の枕を使っているせいで距離も近い。ずるいと思う。

「ダメじゃない。安心して寝られるならいくらでも協力する。俺は結依に買われた身だからな」

「雪くん……ありがとうございます！」

不安な表情が消え、ぱぁっと笑顔になる。

「今日はこのまま寝ましょう。電気を消しますね」

「おやすみなさい」

電気が消えて暗くなったが、近くに結依の体温を感じる。

「おやすみ」

結依はしばらくの間もぞもぞと動いていたが次第に静かになる。

それにしてもこんな枕が売られているなんて知らなかった。まさか腕枕をするための枕が存在するなんて考えたこともなかった。

これは……売れているのだろうか……？

腕枕をしてもらいたいだけでこんな不思議な枕を見つけてくる結依の行動力には驚かされる。おとなしくて、内気な性格だった頃からは想像出来ない。

腕が痛くないのでゆっくりと眠れそうだ。ここ数日で痛みに対する耐性もかなりついたし、結依が隣にいても動じなくなってきて忍耐力も鍛えられたような気がする。

目を閉じ結依の規則正しい寝息を聞きながら眠りについた。


俺が転校してから数日が経過したある日の朝、クラスのみんなの表情が若干暗いような気がする。

朝のＨＲの終わりに先生が前に立って話し始める。

「皆さんも分かっていると思いますが、ちょうど一週間後に中間テストがあります」

あぁ、なるほど。だからみんなテンションが低かったのか。

軽くクラスを見回すと、頭を抱えている者もいれば、遠くを見ている者もいる。

こう言ったところはどこの学校でも同じだと分かりなんだか安心する。

「成績に直接つながりますので、しっかりと準備をして臨んでください。テスト期間に入るため基本的に放課後の部活動はなしになります。その時間を勉強に充ててください。それでは朝のＨＲを終わります」

クラスの所々から大きなため息が聞こえる。やっぱりどこの学校でもテストは嫌なものなんだろう。

隣に座る結依は気合が入っているようだ。少し前から準備を始めていたみたいだし。

その反対に、すでにテストのことなんて諦めたような感じを醸し出している者もいる。名門校だとしても全員がテストに意欲的なわけではないようだ。

もしかしたらかなり個人差があるのかもしれない。

クラスのみんなの様子を観察しているうちに、一時限目は化学室で授業だったことを思い出し急いで準備をする。教科書を取り出し必要なものを持って教室から出ようとすると、中村がこちらに近づいてくる。

「やぁ転校生。転校してすぐテストなんて大変だろう。うちの学校は他の学校とはレベルが違う。だから、低い点数だったとしても気を落とさなくていいよ」

いきなり近づいてきたと思ったら、言わなくていい言葉をかけてくる。ただ、その表情は圧倒的に優位に立っている者が下の者に対する余裕のようなものが表れている。

「僕のように上位争いは出来ないかもしれないけど、赤点を取らないくらいにはせいぜい頑張りなよ」

そう言って肩を叩くと教室を出ていった。人を馬鹿にしたような態度に余裕の表情を浮かべていた。

出ていく中村の後ろには気弱そうな男子生徒がおどおどした感じでついていく。たしか俊樹だったか。

半ば呆然としながら中村の言葉を聞いていた。そんなことを言われたのは初めての経験だった。

中村の後ろ姿を目で追っていると、結依がムッとした声を上げる。

「何ですか今の！　感じ悪いです！」

目を吊り上げて中村の後ろ姿を見ている。

「私、今回は絶対に中村君だけには負けません」

「うん？　今回？」

勢いを失い声が弱々しくなる。

「はい……実は前回のテストは私が五位で中村君が三位でした」

前回負けていたのか……。

それにしても、三位という順位は非常に高い。桜聖学園の上位層は、全国的に見ても高いレベルを誇っている。そんな中で三位を取れたからこそ自分の学力に自信を持っているのだろう。

きっとその自信からさっきのような態度になるのかもしれない。

「それに私は中村君だけではなくて雪くんにも負けません！」

その言葉に驚き結依の顔をまじまじと見てしまう。

「？　雪くん？」

反応出来ず固まっていた俺に不思議そうな目を向けてくる。

「いや、そんなこと初めて言われたから……」

俺にとってテストは誰かと競い合うものだという意識は薄かった。とにかく高得点を取らなくてはいけなかったのだ。

極端な例だが、クラスのみんなが10点で俺が15点ならば大丈夫というわけではない。他の人より得点が高いから平気なのではないのだ。たとえ周りの人たちが点数が低かったとしても、その中でも高得点を取らなくてはいけない。全国にはもっとすごい人がいるのだから。

これは冗談でも何でもないが、高得点を取れるかどうかは割と死活問題だった。

膨大な借金を返済出来るだけ稼げる職業に就かなくては生きていけないと思えるほどだったのだ。

おまけに、俺に対してライバル意識を持っている人はいなかった。いや、いたかもしれないが、こうやって面と向かって『負けない！』と言ってくる人はいなかった。だから結依の言葉はとても新鮮だった。

これまでとは違って負けたくないと言う気持ちが込み上げてくる。こんなふうに思えるのは、俺を取り巻く環境が変わったからかもしれない。

結依が向けてくれたまっすぐな気持ちに応えたい。

「俺だって負けるつもりはない」

「——っ、はい！　お互い頑張りましょう」

これまでとは違う気持ちだ。テストでほかの人をここまで意識して負けたくないと思ったことはない。胸の奥から熱くなるような感じだ。

結依にも中村にも負けるつもりはない。絶対に勝つ！

気持ちを引き締める。今はやる気に満ちている。こんなにワクワクしたことはない。どんなことでも勝負事はやっぱり勝ちたい。

この学校に来て初めてのテストだ。全力でやろう。

それこそ全ての人が俺のことを認識するほどの結果を出してやる！

自分でもこんな気持ちになっていることに驚いている。でも、悪い気はしない。むしろ定期試験が待ち遠しい。

それからの一週間は試験勉強に打ち込んだ。バイトもないので、ほとんどの時間を勉強に使うことが出来る。

テスト当日まで一週間は何となくクラスの雰囲気もピリピリしているような気がする。結依も家に帰るとすぐに自室に籠り勉強に勤しんでいる。

『本当は雪くんと一緒に勉強したいですけど、今回のテストは私一人で頑張りたいんです！』

と言った時の目は本気だった。

背筋がゾクゾクするような感覚に襲われた。そんな目を見てしまったら何も言えなかった。

結依の熱にあてられてこっちまでやる気がさらに湧き上がってくる。

以前の学校では、テストが近づいてくるとクラスのみんなから色々と質問されることが多かった。数学や英語など様々な科目を聞かれては教えていた。

人に何かを教えるのは意外と楽しく、性に合っていたと思う。それだけに少し寂しさを感じてしまう。だがそれ以上に、絶対に負けられないという気持ちが込み上げてきた。

これまで経験がないほどテストに対してやる気が溢れている。義務感ではなく自分の意思で頑張りたいと思っている。

テストが死活問題につながらなくなった今だからこそ、のびのび臨むことが出来るのかもしれない。学校の定期テストは範囲が決まっているのでかなり勉強がしやすい。

一週間といえば長いように思えるが実際はかなり短く感じられる。気づけば一日が過ぎ二日、三日とどんどんテスト当日に近づいていく。そしてついに試験当日を迎えた。


試験当日。

やれることは全てやった。あとはその成果を存分に出すだけだ。

試験開始時間まで教室で待機だ。隣に座っている結依の表情は硬いが、それと同時に自信が見え隠れしている。中村は澄ました顔している。かなり自信があるようだ。

クラスは静まり返り、時計の針の音だけがやけに大きく聞こえる。

間もなくして先生が教室に入ってくる。

「皆さん、おはようございます」

手にはテストの問題用紙を持っている。いよいよ始まるのだと実感して肩に力が入る。

「テストを始めます。最後に身の回りに何もないか確認してください。不正行為は絶対にしないように」

何人かが携帯をポケットに入れたままだったのか、慌てて携帯を置きに行く。クラス中の準備が出来たところで先生が問題の配布を始める。

「最初は数学からです。試験はチャイムが鳴ったら開始してください」

カチッ、カチッと時計の音が聞こえてくる。

針の進みが遅いように感じる。

深呼吸をして気持ちを落ち着ける。これまでとは違った緊張が襲う。

これまでは絶対に失敗出来ないと思うことから生まれる緊張だった。だが、今感じている緊張は違う。負けたくない、絶対に勝ちたいと願うからこそ生まれる緊張だ。

その心地良い緊張を感じながら開始時間まで待つ。

静かな教室にチャイムの音が鳴り響く。

「それでは始めてください」

紙を捲る音、ペンを走らせる音が教室中のあちらこちらで聞こえ出す。

全ての問題を軽く目を通してから解き始める。学校の定期試験でもかなり難しい問題が含まれている。

どんどん解き進めていく。最初は周りの人たちのカツカツというペン音が聞こえていたが、次第に聞こえなくなった。

問題を解くことだけに全力を尽くす。周りの音が聞こえなくなるほど一心不乱に問題を解き続けた。

試験終了のチャイムが鳴り響く。

「そこまで。筆記用具を置いてください」

クラスから安堵のため息のようなものが聞こえてくる。

「これで試験は全て終了になります。今日はこれで終わりとなります。速やかに下校してください」

先生が出て行くのを見てからみんなが一斉に動き出す。

今日のテストはどうだったか、など友達と話している者もいれば、一目散に教室を出て行く者もいる。

そんな日が数日続き、ようやくテスト全日程が終わった。

教室の雰囲気はテスト期間中とは打って変わって賑やかだ。これからどこに遊びに行くなど話している者もいる。中には死にそうな表情をしている人もいるが……。

先生たちはこの後試験の採点を行い、明日には全ての結果が出るらしい。

ほとんどの先生たちは採点に追われるのでその他のことをやる余裕はない。だから生徒たちをすぐに下校させる。

体を大きく伸ばすとポキポキと骨が鳴る。

やり切った。今持てる力を出し切れたと思う。テストが終わった余韻に浸っていると結依から声をかけられる。

「お疲れ様です。手応えはどうですか？」

「お疲れ、実力は出し切れたと思う。結依は？」

「結構自信があります！」

その大きな胸を張りながら言う。

聞くまでもなく顔を見れば分かる。その表情は晴れやかで、よほど自信があるのだろう。

「あとは結果を待つだけですね」

「そうだな」

気づけばクラスのみんなはほとんど下校している。

「私たちも帰りましょうか」

「あぁ」

結果を待つだけ……自信はある。だけど、やはりほんの少しだけ不安は残ってしまう。

不安は消えないが、一方でこれでダメなら仕方がないと思えるほどにはやり切れたと思う。
背筋が伸び気持ちが軽いような気がする。いつもより少しだけ足取りが軽く感じられた。

定期試験が終わった翌日。
試験結果はその日の朝に発表される。先生が黒板に試験結果を張り出し始める。

数学――

一位　一ノ瀬　雪哉　　得点１００
二位　中村　司　　得点86
三位　姫野　結依　　得点84
三位　早乙女《さおとめ》　澪《みお》　　得点84

五位　成瀬　涼真　　　得点80

よしっ！　内心ガッツポーズをする。

順位が発表されるとクラスがざわめき始める。


「100!?　何その点数!?」

「マジかよ……」

「俺なんて全然出来なかったんだぞ」

「うちの学校のテストって満点取れるものなの!?」

「すご過ぎ……」


視線を感じる。チラチラとこちらを見ている人が何人かいるようだ。

さらに点数が張り出される。

英語——

一位　一ノ瀬　雪哉　　得点97

二位　早乙女　澪　　得点90

三位　姫野　結依　　得点86

四位　中村　司　　得点83

五位　佐藤《さとう》　宗馬《そうま》　　得点81

「すごっ！」

「英語も一位かよ……」

「一ノ瀬君って帰国子女だったり？」

「英語喋れたりするのかな？」

化学——

一位　一ノ瀬　雪哉　　得点98

二位　姫野　結依　　得点91

三位　中村　司　得点84

四位　近藤《こんどう》　智《さとし》　得点81

五位　早乙女　澪　得点80

物理――

一位　一ノ瀬　雪哉　得点100

二位　中村　司　得点85

三位　早乙女　澪　得点84

四位　姫野　結依　得点81

五位　成瀬　涼真　得点78

国語――
一位　一ノ瀬　雪哉　　得点95
二位　姫野　結依　　得点90
二位　早乙女　澪　　得点90
四位　中村　司　　得点86
五位　佐藤　宗馬　　得点80
総合――
一位　一ノ瀬　雪哉　　得点490
二位　姫野　結依　　得点432

三位　早乙女　澪　　　得点４２８

四位　中村　司　　　得点４２４

五位　佐藤　宗馬　　得点３９６

全ての結果が出揃う。息を大きく吐き拳を握る。心の中で叫ぶ。

よっしゃあああ！！！

目の前の結果に満足する。身体中が熱い。興奮で心臓がバクバクと鼓動しているのが分かる。これまで感じたことのない高揚感と達成感に襲われる。

全ての科目、総合点数において自分の名前が一番上に載っている。勉強はやればやっただけ結果がついてくる。改めてその事実と喜びを噛み締める。

いくらバイトをしても金が貯まらず借金ばかり増えていくのとは違う。あれはいくら頑張っても結果がついてきていなかった。

クラスのざわつきが大きくなっていく。

「一ノ瀬君すごすぎっ！」

「どうしたらあんな点数取れるの？」

「私、今度勉強教えてもらおうかな……」

「それいいじゃん！」

「おいおい……なんだよ、４９０点って……」

「やばいだろ……化け物過ぎる」

「逆にどこで点数落としたのか教えてほしいぜ」

「絶対一生あんな点数取れねぇよ」


クラスの大半がこちらを見ている。

唖然としている者、興味や驚きの色を浮かべている。中にはまるで信じられないものを見るかのような視線を向けてくる者までいる。

注目されると居心地悪く感じることが多いが今は誇らしく感じられる。これまではただの転校生として興味の視線で見られていただけだったが今は違う。まるで自分が認められたような気持ちになる。

結依も悔しそうな表情を浮かべたが、すぐに笑顔で賞賛の声を上げる。

「流石です。やっぱり雪くんはすごいですね！」

結依の言葉でより実感する。喜びを噛み締めている。

バンッ!!　と音が突如教室に響き渡り、騒がしかった教室が一気に静かになる。

勢い良く中村が立ち上がるとこちらを指差し、睨みつけながら叫ぶ。

「なんだよこれ！　おかしいだろっ！　こんな点数取れるわけがない！　不正だ！　不正したに決まっている!!」

中村の声が教室中に響き渡る。顔を赤くし怒鳴りながらこちらを睨みつけている。

クラスのみんなもいきなり中村が騒ぎ出したことに驚き戸惑っている。そんなクラスの雰囲気なんてお構いなしでさらに声を上げる。

「転校したばかりのくせに！　そんな奴がこんな点数が取れるわけがないっ！　カンニングしただろ！」

いきなりのことで一瞬思考が固まったが、急いで中村の言葉を否定する。

「そんなことしていない」

「不正をしていないでこんな点数が取れるわけがないだろ！」

中村の言葉を受けて他のクラスメイトからも戸惑いの声が上がり始める。


「……不正？」

「本当に？」

「一ノ瀬君ってそんなことをするタイプには見えないけど……」

「でも、転校してきたばかりだから、一ノ瀬君のことよく知らないよ」

「中村の言う通りどれも高得点ばかりだぞ？」

「たしかにな」

「それって実力じゃないの？」

「数学と物理で満点とか取れるものなのか？」

「そんなこと私に聞かれても……不可能ってことはないと思うけどどうなんだろう？　でも……不正をしたらばれると思うけど……」


クラス中がざわめき出す中、中村は気にせずまくしたてる。

「うちの学校は名門校と呼ばれるほどだ！　他の学校よりもはるかにレベルの高いんだぞ！　それなのに外からやってきた奴がこんな高得点取れるわけがないだろっ！」

どんどんクラスの雰囲気が悪くなっていく。


「え？　……じゃあ、本当に？」

「そんなこと分かんないよ」

「でも私、この前他校の友達と勉強のことを話したんだけど、すごく簡単なことをやっててびっくりしたよ。かなりゆっくりのペースなのかも」

「やっぱり不正したってこと？」

「でも、中村の言っていることだぞ？」

「たしかにそうだけど……」

「中村の言い分も分からなくもないよな」

「まぁな……俺たちだって他の学校に負けているつもりはないからな。プライドだってあるし」

俺にとって良くない方向に話が進んでいるような気がする。中村の一言で疑念が生まれ、一気に広がる。

その疑念を解消するためか口々に思ったことを口に出している。

俺の成績を疑う者。中村の発言を疑う者。俺を擁護する意見もあれば、中村に同意を示す者もいる。

無闇に無実を主張してもきっとダメだろう。中村は間違いなく聞く耳を持たないし、一度生まれた疑念は簡単には消えないだろう。

中村の姿はまるでタチの悪いクレーマーのように見える。あの人たちに何を言っても無駄なのだ。自分の意見が正しいと思って譲らない。今の中村からは同じような雰囲気を感じる。

どうやって自分の無実を証明出来るか考えていると、結依が勢い良く立ち上がる。

「雪くんは不正なんて絶対にしません！　変な言いがかりはやめてくださいっ！」

突然の結依の行動にクラスのみんなも目を見開き驚いている。結依の声がクラス中に響き渡る。

「お、おい。結依」

　とっさに結依を宥めようと声を掛ける。

「もう我慢出来ません！　大切な幼馴染みが悪く言われて黙っていられるほど大人じゃないんです！」

　その目には怒りに染まっている。大きな声を上げたからか、興奮して肩で息をしている。

「幼馴染み？」

「そうです！　私にとって雪くんは大切な人です！　貴方に雪くんの何が分かるっていうんですかっ！　何も知らないくせに勝手なこと言わないでください！」

　俺のために周りの目を気にすることなく庇ってくれる結依の姿を見て心が熱くなる。

　昔は俺の後ろに隠れていて守る存在だと思っていたのに……。

「ふん！　それなら余計に怪しいだろ」

「どういうことですか？」

「そこの転校生のことは知らないが、お前の家はかなりのお金持ちだろ？　そのお金を使って事前に問題を買ったんじゃないか？　もしくは点数を上乗せしてもらったりとかな」

「そんなことしません！」

「どうだか」

　鼻で笑い、馬鹿にしたような目を向けてくる。そんな中村に対して結依が反論する。

「お金のことを言うなら、貴方にだって出来ますよね？」

「はっ、そんなことするわけないだろ」

「なんでそう言い切れるんですか？」

「僕は頭が良いんだからそんなことしなくても平気だからだよ」

うわぁ……すごい理屈だ。

とんでもない理由に思わず引いてしまう。結依も呆れて言葉を失っている。

一瞬生まれた隙に先生が間に入る。

「中村君、いい加減にしなさい。貴方の言っていることはめちゃくちゃです。それに学校が不正に加担したという発言は見逃せません」

中村はちらりと先生を見たがすぐに視線を戻す。そしてずっと黙っていた俺に挑発するような目を向けながら言う。

「だったら転校生、不正なんてしてないって証明してくれよ」

「証明？」

「そう、証明。そしたら僕も納得が出来る」

「証明って言ったってどうすれば……」

やっていないことを証明するなんてかなり難しい。というか不可能に近い。悪魔の証明だと言えるかもしれない。

「簡単だよ。不正なしで僕ともう一度勝負をしてくれよ」

「は？」

「もし僕が負けたら不正はなかったってことを認めるよ。まぁ、不正なしで僕に勝てるわけなんてないんだけどね」

「勝手なことばかり言わないでください！」

たまらず結依が声を上げる。

「僕はただ提案してあげただけだよ」

「そんなことっ――」

「結依」

「雪くん？」

結依を手で制止する。これ以上任せてばかりではだめだ。今回のことで結依の立場が悪くなるようなことがあるかもしれない。そんなこと絶対にあってはならない。

ゆっくりと立ち上がり中村と向き合う。その目をまっすぐ見て口を開く。

「勝負はいったい何をすればいい？」

「雪くん!?」

流石に、これ以上言われっぱなしだというのも納得出来ない。努力を馬鹿にされて腹が立つ。

それに結依に嫌な思いをさせたくない。

中村はニヤリと嫌な笑みを浮かべる。

「先生に問題を作ってもらってその点数で勝負をするんだよ」

「私はそんなことに協力するつもりはありません」

凛とした声が上がる。先生の言う通りだ。でも……。

「僕からもお願いします」

「……」

頭を下げる。中村の土俵で戦ってやる。それに、中村の学力よりも俺の方が上だということはすでに分かっている。負けるわけがない。

それだけではない。結依が庇ってくれたその思いを無駄にはしたくない。

「……はぁ……分かりました。今回だけは協力しましょう」

「ありがとうございます」

一度否定した先生だったが、少し考えたあと、すぐに許可を出してくれた。もしかしたら先生には先生なりの考えがあるのかもしれない。

「問題は私が作りますので数学になります。文句はないですね」

「はい」

「僕も問題ないです。得意科目で僕が負けるわけない」

「問題は全部で三題出します。二人とも解くことが出来ないような問題は出しません。放課後のＨＲの時間を貴方たちにあげます。そこで終わらせてください」

「ありがとうございます」

「それと中村君。貴方が負けた時、自分の非を認めてしっかりと謝罪してもらいます。それと何かしらの罰は受けてもらいます。これだけ騒ぎ立てたのですからそれくらいはしてもらいます」

「分かっていますよ。負けたらいくらでもします」

中村は自分が負けるなんて全く考えていないようだ。その表情には絶対の自信が表れている。

俺だって自信はある。それに俺のために怒ってくれた結依のためにも絶対に勝つ。

話が予想もしなかった方に転び、中村と勝負をすることになった。

正直こちらが勝負にのってやる必要なんてないのだが、言われっぱなしというのは癪だ。中村の土俵で勝利して、中村を打ち負かせば少しは溜飲が下がるかもしれない。結依に恥を掻かせたくないという気持ちもあるが、ほとんど俺のわがままのようなものだ。我ながら子供っぽいかもしれない。

目の前には中村の後ろについて回っていた男子生徒がいる。名前はたしか、笹野俊樹《ささのとしき》だった気がする。

どうやら中村との勝負開始までの間、不正をしないか俺を見張るように言われたらしい。

まぁ、不正なんてしないから関係ない。それに、笹野には聞いてみたかったことがある。

笹野は申し訳なさそうな表情を浮かべながら、近くにいる。特に何か喋るわけではなくただいるだけって感じだ。おとなしそうな見た目通りあまり口数が多くはないようだ。

「えーと……笹野、聞きたいことがあるけどちょっといいか？」

「はい、なんですか？」

「なんで中村の言うことを黙って聞いているんだ？」

「そうです。嫌ではないのですか？」

俺と同じことを思っていたらしく、結依からも疑問の声が上がる。

「僕は……別に……」

まだこの学校に来てからあまり時間が経っていないが、中村があちらこちらに笹野を連れ回しているのをよく見かけるし、自分の鞄を持たせているところも見たことがある。

「もし笹野君が言いづらいなら私からやめてくれと言いましょうか？」

「余計なお世話かもしれないけど、俺が勝った時に笹野に関わらないように言うことも出来ると思う」

笹野は俺たちの話を聞いて拒否するように大きく首を振る。

「だ、大丈夫です！　中村君は誤解されがちだけど本当はっ――い、いや、何でもないです……」

思わず結依と顔を見合わせる。笹野がいきなり大きな声を出したことに驚いたが、それ以上に本当にこのままでいいと言う気持ちが強いことが分かったからだ。

もしかしたら二人の間には周りからは分からない何かがあるのかもしれない。笹野に無理強いするのは良くない。

それに俺の監視を任せるくらいなのだから中村も笹野のことをそれなりに信用しているのかもしれない。

「そうか……余計なことを言って悪い」

「い、いえ……僕を思ってくれてのことですから、気持ちは嬉しいです」

結依はなんだか複雑そうな顔をしている。

本人同士にしか分からないこともあるだろう。とにかく今は、目の前の勝負だ。

笹野が近くにいること以外特に変化なく刻一刻と時間が過ぎていく。中村との勝負の開始時間までもうすぐだ。クラスの雰囲気も何だか、そわそわしていて落ち着きがないように感じられる。

野次馬根性というか、どうやらクラスのみんなも俺と中村の勝負が気になっているようだ。

俺も当事者じゃなければ面白そうな催しだと思ったかもしれない。いきなりクラスの人が勝負をするとなったら気になってしまう。スポーツ観戦のような感じだと思う。それに、もし不正行為をしているなら許せない。テストに向けて一所懸命に準備していたらなおさらだろう。

まぁ、今回は当事者だし、不正なんてしていないのに一方的に言いがかりをつけられているのだから面白くなんてないけど……。

前にバイト先でだけ会う仲のいい人からおすすめの本を貸してもらっていた時期があった。その時に貸してもらった本の中に学力で競い合う物語があって、面白くて夢中で読んだのをふと思い出した。

似たような状況だけどあまり嬉しくない。

急に笹野がいなくなったので、教室の中を見回すと、前の方で何か作業をしている。

「何やっているんだ？」

「えっと、これは……」

「これは僕が用意させているものだ」


俺と笹野の間に中村が割って入ってくる。

「これでお互いの手元と答案用紙をプロジェクターを使って映し出すんだ。そうすれば絶対に不正が出来ないだろ」

プロジェクター!? かっこいいな!

貧乏で機械とは全く無縁だった。何せスマホすら持っていなかったのだから、パソコンを使ったことなんて学校の授業くらいだ。機械を使うことが出来るなんて尊敬する。

中村の言う通りカメラがセットされており、カタカタとパソコンを操作する笹野の姿が格好良く見える。

パソコンは色々なことが出来てかなり便利なものらしい。学校の授業でしか使ったことない俺には、いったいどれだけのことが出来るのか皆目見当がつかない。

俺もカタカタとパソコンを使ってみたい。

「なぁ笹野、もし良かったら俺にパソコンの使い方を教えてくれないか？ 俺も笹野みたいに格好良く使ってみたいんだ」

「えっと……僕なんかで良かったら……」

「ありがとう！」

パソコンは使えて損はないはずだ。むしろ使えた方がいいだろう。

どうやら俺は、スマホやパソコンといった機械類に憧れが強いらしい。なんか格好いいし。

これまで手の届かないものだったが、今は可能性がある。スマホも手に入れた。もしかしたらマイパソコンを手に入れる日もそう遠くないのかもしれない、なんて妄想が広がる。

笹野から教えてもらえる約束をして満足していると、中村は不機嫌そうに鼻を鳴らし去っていった。

しばらくの間、笹野の近くで作業を見ていると先生が教室に入ってきた。

「あまり時間がないですからすぐに始めましょう。準備はいいですか？」

「はい」

ちょうど笹野の準備も終わったようだ。

手元がカメラで撮影されていて、その映像は黒板のスクリーンに映し出されている。用意された席に座る。前が見えないように仕切りが置かれている。俺と中村からは映し出された映像は見えないようになっている。

すげぇ……プロジェクターも小型だ。あんな小型サイズでどうしてスクリーンに映像が映るんだ？

ついつい機械に意識がいってしまう。

机の上に四枚の紙が裏返しで置かれる。問題用紙一枚に解答用紙が三枚だ。

クラスのみんなも興味深そうにスクリーンの映像を見ている。

深呼吸をする。

「制限時間は一時間です」

軽く姿勢を正し気合を入れる。横目で見た中村の表情は余裕が見て取れた。

結依の方を見れば真剣な表情でこちらを見ている。

『頑張ってください』

声は聞こえないが口の動きで何を言っているのか分かった。その声援に応えるように頷く。

先生が手元の時計を見つめ、そして――。

「それでは始めてください」

◆◆◆クラスメイト視点

月宮の合図で雪哉、中村は問題を解き出す。

一問目に目を通すとほぼ同時に解答を書き始める。二人には少し違う部分があるが、ほとんど同じ内容だ。

スクリーンに映し出された二人の解答を生徒たちは食い入るように見る。

「おいお前、あの問題分かるのか？」

「なんとか、な……」

「俺なんて途中までしか分かんねぇよ」

「俺も……」

「私なんて最初から分からなかったんだけど……」

「実は俺も」

「やっぱり二人ともすごいんだな」

「あぁ……そこ、そうやるのか」

近くの者とこそこそと話をし出す者もいれば、結依をはじめとして何人かの生徒はじっとスクリーンを見つめている。

目の前で解いている二人と同様に答えまでの道筋が定まっているからだ。

一問目を二人が解き終わったのはほぼ同時だった。

二人とも解答を作り上げ次の問題へと移る。ここまでは互角のスピードだ。最終的な答えも一致している。

次の問題がスクリーンに映し出された時、何人かの生徒が悲鳴じみた声を漏らす。

「なんだよこの問題、意味分かんねぇ」

「書き出しくらいしか理解出来ない」

「こんな問題解けるわけがないんだけど……」

「頭痛くなりそう……」

雪哉と中村はほぼ同時に次の問題へ移ったが、雪哉がすぐに解き出した一方で、中村のペンが動き出すのに時間がかかった。

必死に目を動かし問題を読み込み、内容を整理し解答を模索する。

「――っく」

雪哉が半分くらい解答を作り終えたところでようやくペンが動き出した。開始からまだそれほど経っていないにもかかわらず、すでに差が生まれている。

「一ノ瀬の方が早いな……」

「すぐ解き始めたよね」

「あのレベルの問題を少し見ただけですぐ分かるのかよ」

「す、すごいね……」

この時点でクラスの半分以上の生徒が理解すら出来ないほどの難易度だ。実際に正解までたどり着くことの出来る生徒など一握りしかいない。

遅れているが中村も何とか食い付いている。だが、焦っているのか何度も消しては書き直してを繰り返している。

その隙にどんどん雪哉の解答用紙が埋まっていき、一つの解を導き出した。

「一ノ瀬は解き終わったみたいだぞ」

「あれ、正解なの？」

「分かるわけがないだろ、問題すらよく分からないんだから」

「だ、だよね……」

「でも、式変形には間違いはないみたいだけど」

「そうみたいだな」

「それだけじゃ、正解かどうかは分からないだろ」

「ま、まぁな」

生徒の声から雪哉が二問目を解き終わったことが分かり、中村の焦りは更に増す。爪をかみ、貧乏揺すりが始まる。

その姿からは焦りと苛立ちが伝わってくる。

焦っている時ほど周りの雑音がやけに大きく聞こえる。集中力を大きくそがれ、さらに焦ってしまう。最悪の悪循環だ。

雪哉が最終問題に取り掛かり、スクリーンに問題が映し出される。そこで初めて雪哉の手が止まった。

クラス中から息を呑むような音が聞こえる。ほとんどの生徒が口を開け唖然とその問題を見つめる。

一瞬の静寂。詰まるような呼吸音が鳴る。

「……は？」

「……何だよ……この問題」

「意味分かんねえ……」

「私、問題の意味すら分かんないんだけど……」

「大丈夫、私もだから……」

「だ、だよな……俺も……」

「こんなのどうやって解くんだよ」

「先生、出す問題間違っているんじゃないのか？」

「これから先勉強しても、この問題が解ける気が全くしないんだけど……」

「はっ、はは……」

生徒から漏れ出る言葉からは、動揺や諦めの感情が乗っている。乾いた笑みを浮かべる者すらいる。

二問目までは理解出来ていた生徒たちですらもこの問題は解けない。クラスメイト全員が解くことはおろか理解すら出来ない問題だ。

高校三年間勉強を続ければ解くことが出来る人も出てくる可能性はある。だが、現段階では間違いなく不可能だ。

「一ノ瀬も無理なんじゃないか？」

「さすがに、ね……」

「いや、でも……」

雪哉はその問題を見つめ、その目はわずかに血走っている。額に汗がじわりと浮かび上がる。

口元はわずかに震えている。浅い呼吸を繰り返す。

雪哉が考えているうちに中村も何とか二問目を解き終わり三問目に突入した。

そして、その問題を見て完全に動きが停止した。目を大きく見開き驚愕の表情を浮かべる。

「なっ……」

中村は喉を鳴らし、問題を何度も読んでいるからか大きく動いている。

二人の手が止まり静寂が訪れる。一分、二分と淡々と時間が過ぎていく。

話し声は一切聞こえない。緊張が張りつめている。クラス中が二人を息をすることすら忘れて見つめている。

クラス中の生徒たちが固唾をのんで見守る中。

先に均衡を破ったのは雪哉だ。

「おい、一ノ瀬が解き出したぞっ」

「うそっ!?」

「マジかよ……」

雪哉は一心不乱にペンを動かし解答を作り上げていく一方で、まだ中村の手は動いていない。

「く、くそっ！」

雪哉は必死にペンを動かしどんどん数字を書き連ねていく。

余白を使った筆算。

書いて、消して、書いてを繰り返し答案を書き上げていく。手は止まらない。

ペンを走らせることで生まれる数式。

生徒たちはスクリーンに釘付けになり、黙って雪哉の作り出す解答に目を奪われている。

次から次へと生まれる数式。生徒たちにはほとんど内容は理解出来ていない。だが、確実に答えに近づいていることだけは何となく分かる。

汗がじんわりと浮かび、必死になって解く雪哉の姿。

そんな雪哉の姿はクラスメイトに一種の高揚感を生み出した。それだけではない。彼らの瞳には憧れの色が出ている。

「す、すげぇ……」

「こんな問題解けるなんて……」

「マジで化け物じゃねぇか」

「やべぇ……マジで格好いい」

「ねっ！　一ノ瀬君すごすぎ！」

「数字がババァーって」

「うん……すごく格好いい」

「俺も一ノ瀬みたいに出来たらな……」

「勉強したらいつの日かあんな風になれるのかな……」

雪哉の手は止まらず解答を作り上げる中、中村の解答用紙は白紙のまま何も進んでいない。

「クソッ、何だよこの問題……なんで一ノ瀬は解けるんだよ……クソ！」

吐き捨てるような言葉。そこには焦りと苛立ちの感情が込められている。

呼吸が荒い。貧乏揺すりが激しくなり、頭をガシガシと掻く。爪をかみ、ペンが折れる勢いで握りしめている。

どんどん雪哉の解答用紙は数式で埋め尽くされていき、ついに一つの解を導き出した。

そして――。

「そこまでっ！」

月宮の終了の合図が教室に響き渡った。

◆◆◆

先生の合図と同時にペンを止める。

大きく息を吸い吐き出す。何度も何度も繰り返す。

ギリギリだった。何とか間に合ったが奇跡に近いと思う。この問題を解けたのは以前の学校でたまたま佐々木先生に教えてもらったことがあったからだ。たしかその時、これは超進学校レベルの問題だと言っていた気がする。

何とか思い出せて良かった。

後半は必死過ぎて息をするのも忘れてしまっていた。

「はぁ、はぁ……」

肩で息をしながらペンを置く。

隣をチラリと見ると中村が俯いている。その手は爪が食い込むほどの力で握られている。

先生が俺たちの前に立つ。俺の方を見て一呼吸置いてから口を開く。

「一ノ瀬君、さすがですね。見事に全問正解です」

先生の言葉を聞いた生徒たちから驚愕の声が上がる。


「マジかよ……」

「最後の問題正解したのか!?」

「待てよ……中村は全部解けていないよな」

「ということは一ノ瀬君の……？」

呆然と先生の顔を見つめる。問題を解くのに頭を使い過ぎたせいか上手く頭が回らない。

先生の言葉は聞こえているが内容を理解するのに時間がかかってしまった。

「この勝負は一ノ瀬君の勝ちです」

「「おおっ!!」」

クラスのみんなが思わず声をあげる。

そしてその声と同じくらい大きな音を立てて中村が立ち上がった。

中村は俯いているため表情は見えない。クラス中の冷ややかな視線が注がれる。

「あれだけ騒いだくせに結局中村の負けかよ」

「偉そうなこと言ってたくせにな。何なんだよあいつ」

「ほんとほんと」

「最初から不正なんてなかったんだよ」

「いつも偉そうな態度とってるくせにダサ」

「言いがかりをつけられた一ノ瀬君が可哀想」

「だよね」


中村に対する批判の声が聞こえてくる。クラスのみんなからは、呆れと軽蔑したような視線が中村に向けられる。

あれだけ騒ぎ立て、俺のことを一方的に貶めるようなことを言われたのだから同情の気持ちなんて湧かない。

「――っ」

「中村君」

みんなからの視線に耐えられなかったのか、教室から走り去ろうとしたところを先生に止められる。

その場で足を止め、その拳は血が出そうなほど強く握られている。

肩は震え、わずかに歯軋りが聞こえる。

「すまなかった」

「え？　……あ、あぁ」

ギリギリ聞こえるような小さな声で謝罪の言葉を口にすると、すぐさま教室から出ていってしまった。

その中村を追うように笹野も教室を出ていく。

正直、中村の口からそんな言葉が出るなんて思っていなかったせいで反応が少し遅れてしまった。呆然と中村が出ていった方を眺めた。

◆◆◆中村視点

僕と俊樹は小学生からの付き合いだったけど、クラスも違ったし最初はほとんど喋ったことがなかった。

小さい頃の僕は引っ込み思案で、人見知りをする性格だったこともあり、自分から話しかけることなんて出来なかった。俊樹も似たようなものだったから余計に話す機会なんてなかった。

そんな僕たちが話すようになったきっかけはいじめだった。

僕がいじめていたわけでもなければ、俊樹が僕をいじめていたわけでもなかった。

当時、クラスでもかなりの発言力を持っていて、誰も逆らうことが出来ないのような子がいた。いつも周りに手下のような生徒を何人か引き連れているような奴だった。そいつに僕らはいじめを受けていた。

俊樹が僕と同じようにその子にいじめられているのを見て、なんだか放っておけなくて話しかけたのが始まりだった。

いじめられている者同士だからか仲間意識のようなものが生まれていたからだと思う。だけど、今思えばただの傷のなめあいだったのかもしれない。

そんな理由から僕らは話すようになり、友達のような関係になっていった。

話す内容はたわいもないものから、受けたいじめについてだった。ため込むよりも同じ境遇の人と話した方が楽になれたからだ。

その時からほんの少しだけいじめが辛くなくなった。

いじめっ子から受けたいじめは様々だった。無視をされたり、ものを投げつけられたり、無理やり下っ端のように連れ回されたり、好きでもない子に無理矢理告白して笑い物にされたり、殴られたり、蹴られたり、ものを取られたこともあった。

俊樹も似たようなものだった。当時の僕にとっていじめるの対象が僕だけではなかったことが唯一の救いだったかもしれない。

気分でいじめる対象を決めていたようだったから、僕に攻撃が集中してはいなかった。

子供の頃はいじめられているなんて大人には相談出来なかったし、クラスのみんなからの視線も辛かった。誰も助けてはくれない。みんな関わろうとはしなかった。きっと自分たちがいじめの対象になるのが怖かったのだろう。

俊樹と一緒に耐え続ける日々が続いた。

そんないじめを受ける日々が続いても、学校には俊樹がいるから登校しようと思えたし、頑張れるような気がした。

そんな日々は突然終わりを迎えた。

僕が俊樹と出会ってからしばらく経ったある日、突然僕に対するいじめがなくなった。

殴られることもなくなり、取られていたものまで返ってきた。挙げ句の果てに『ごめん』と謝られたのだ。

不思議で仕方なかったが、嬉しかった。やっとあの地獄のような日々から解放されると思ったからだ。あいつから解放されて心が軽くなったような感じだった。

ただの偶然だったのだが、父さんの会社の取引相手が僕をいじめていた子の親だったのだ。

立場上父さんの会社の方が強かったらしい。

どうしていじめが発覚したのか今では分からないが、父さんの会社の名前で救われたのだ。

僕は何もしていないのに……。

僕に対するいじめはなくなったが、俊樹に対するいじめはなくならなかった。むしろ僕がいじめられなくなったことで俊樹がさらにいじめられることになった。

助けてあげたかったけど、いじめを受けていた時の恐怖から何もすることが出来なかった。

いじめがなくなったとしても、心の傷がなくなるわけではない。

僕はせめて俊樹とこれまで通り仲良くしようと思った。辛かった時に一緒にいてくれたのだから見捨てるわけにはいかない。

僕だけは……友達である僕だけは一緒にいようと……。

ある日、俊樹がいじめられている所を見た時だった。僕をいじめていた子が俊樹に詰め寄り怒鳴っていた。

『中村君と仲がいいからって調子に乗るなよっ！　ムカつくんだよっ!!』

俊樹を突き飛ばし殴る場面に偶然居合わせた。その光景を見て呆然とした。

俊樹と仲良くしようと思っていた僕の考えが間違っていると気づかされた。僕のせいで余計に俊樹がいじめられている。

その時、僕の中で何かが変わった。

あいつに取られたものが返ってきた時の言葉が頭に浮かぶ。

『これ中村君のだよね。だから返すよ』

僕のものだったら手を出さない。俊樹は僕の友達なんだ。僕の……。

その日から僕は行動の全てを変えた。まるで俊樹を僕のものだと主張するように、連れ回し命令をする。父親の会社の名前を振りかざし、舐められないように言動を変えた。

狙い通りというべきか、俊樹へのいじめもなくなった。いじめの中心だった奴も静かになった。

それからというもの、僕も俊樹もいじめを受けることなく学校を卒業した。あいつとは違う学校になり、本当の意味で解放されたのだと思った。

でも……。

新しい学校で違う奴からいじめを受けるかもしれない。そう考えると怖かった。だから僕はこれまで通り、父親の会社の名前を振りかざし、舐められないように行動した。

学年が上がるに連れて勉強が出来るということは尊敬されるし、みんなから一目置かれる存在になる。だから、地位を確立するために勉強も頑張った。

名門校と言われる桜聖学園にも入学し、上位をキープし続けた。

だけど、いくら行動を変えても小さい頃に受けたいじめの記憶が呪いのように付き纏っていた。

またいじめが始まるかもと思うと耐えられない。

自信をひけらかし、相手より僕の方が上だと主張し続ける。そんな日々をあの日からずっと送っていた。

ところがある日転校生がやってきた。僕はいつも通り父さんの会社の名前を使って相手を威嚇した。

だが、転校生は会社の名前を知らなかった。挙げ句の果てに僕よりも学力が高かった。

危険だと思った。もしかしたらまた僕や俊樹がいじめられるかもしれない。

ダメだ……このままではまた辛い思いをする。

自分では行動を抑えられず、僕は騒ぎ転校生に勝負を挑んだ。

そして——負けた。

僕が負けた時のみんなからの視線はいじめを受けていた時と同じだった。これまで無理やり維持してきた立場も全てを失い、終わったのだ。

足が震え、僕は思わず教室から飛び出した。廊下を走り、少しでもあの教室から離れたかった。

走って、走って——。

「待って！　待ってよ、中村君！」

名前を呼ばれて足を止める。その声は毎日聞いている声だったからだ。

振り返るとそこには俊樹が息を切らしながら立っている。

「何しに来たんだよ……」

「何って……急に教室を飛び出していったから心配だったんだよ」

俊樹の顔をしっかりと見たのはもしかしたら子供の頃以来かもしれない。

俊樹の顔を見て僕は気づいた。いや、気づいてしまった。

これまで僕が俊樹に対して行ってきた行動は、いじめをしていたあいつらと何も変わらないということに。

これまで俊樹に対してしてきた行いが一気に思い起こされる。

「——っ」

胸が苦しくなり息が詰まる。

僕は俊樹を助けようと思っていたけど、実際は真逆のことをしていたのだ。

「どうしたの？」

俊樹が近づいてくる。反射的に後ろに下がってしまう。

「なんで僕のところに来たんだよ」

「友達だから心配したんだよ」

友達——その言葉を聞いてたまらず声を上げる。

「なんでだよっ！　僕は俊樹に対して酷いことをしていたのに……」

「酷いこと？」

唇が震える。息をするのが辛い。

「毎日何度も無理やり連れ回したり……」

「友達だから一緒にいる時間が多くなるよね」

「荷物を持たせたり……」

「たしかに重かったよね。これまで僕が持ってあげたから、たまには中村君が僕の荷物を持ってよね」

「——っ」

俊樹の笑顔はどこまでも優しかった。

目頭が熱くなり、視界がぼやける。

「今日は僕が荷物を教室から持ってくるから待ってて」

「うん」

「先に帰っちゃダメだよ」

「うん」

「一緒に帰ろうね」

「うん」

満足そうに頷くと教室に向かって走り出す。

転校生との勝負に負けて全てを失ったと思っていたけど違った。

これまで築き上げてきたものは全て失ったが、そのかわり近くにあった大切なものに気づくことが出来た。

「ありがとう、俊樹」

僕の独り言は誰もいない廊下にやけに大きく響いた。

俺たちの家へ

中村との勝負を終えてすぐあと。中村と俊樹の二人が出ていった方を見ていると、いつのまにか近づいてきていた結依がハンカチで汗を拭き取ってくれる。そのハンカチからはわずかに甘い匂いがした。

「お疲れ様でした。さすが雪くんです！　とても格好良かったですよ」

「ありがとう」

結依が眩し過ぎる笑顔を向けながら労いの言葉をかけてくれる。

それをきっかけにクラスのみんなからも若干興奮したような声がかけられる。拍手をしてくれる人たちまでもいる。


「すごかったぞ！」

「マジで頭いいんだな。最後の問題なんて全然分からなかったぜ」

「最初から不正なんてしてないと思ってたぞ」

「私も、私も！」

「数式をズババッーって、学者さんみたいで格好良かったよ！」

「今度私に勉強教えてよ！」

「俺も頼む！」

「じゃあ、俺も！」

クラスのみんなからも賛辞が贈られ、実感が湧いてきて自然と笑顔になる。

今回の一件でクラスメイトとの距離が一気に近づいたような気がするし、認められたような気もする。

そして結依の笑顔を見られたことが何よりも嬉しい。

しばらくの間クラスのみんなからもみくちゃにされたが、それぞれ部活に向かったり帰宅したりして次第にクラスから人がいなくなる。残りの人たちも挨拶をして教室から出ていく。最後には俺と結依だけになってしまった。

「帰りましょうか、私たちのお家に」

「そうだな」

俺は結依に手を引かれながら教室を出た。その時の嬉しそうな結依の笑顔はずっと忘れないだろう。

◆◆◆早乙女視点

私と雪哉くんが仲良くなったきっかけは入学したての頃、隣の席だったからだ。特別な出来事があったわけじゃない。何がきっかけで話すようになったのか覚えていないけど、気づけば話すようになっていった。

雪哉くんに対する印象は『不思議な人』だ。背が高くて顔立ちも良くて格好いいなんて思ったりするけれど、やっぱり『不思議な人』というのが一番しっくりくる。

クラスメイトの他の男子たちとは何だか違って大人びているように感じることがあるかと思えば、意外に抜けていて、ほっとけないところがあった。理由はよく分からないけど、彼のことが気になって仕方がなかった。

そんな雪哉くんに次第に興味を持つようになっていった。幸い隣の席だったこともあり話す機会はたくさんあった。授業中もこっそりと彼のことを見ていたのは秘密だ。

まず最初に驚いたのは雪哉くんはとっても頭が良いということだ。学年で最高でも一人しかなることが出来ない特待生だった。特待生になるには中学校での生活態度がいいことはもちろんのこと、学校が用意した難しい試験を受けて基準点を満たしていなくてはいけない。特待生が出ない年だってある。むしろ特待生が選出される方が難しく、最後に特待生がいたのは十年以上も前の話らしい。それまで誰一人条件を満たせていなかったのだ。そんな特待生になることが出来るだけでも十分頭がいいことは分かるけれど、本当の雪哉くんの異次元ぶりを認識したのはそのあとだった。

私だって中学生の頃から勉強を頑張っていたし、中学校の試験でもいつも上位にいた。学年一位を取ったことだってあった。勉強は嫌いではなかったし、人並み以上には出来るほうだと思っていた。

　この学校でも中学校の頃のように学年一位を取ろうと意気込んで臨んだ最初の定期試験。手ごたえは十分にあったし、実際の点数も良かった。それなのにもかかわらず結果は二位だった。

　一位は雪哉くん。五百点満点中五百点という驚異的な得点で学年一位の座に君臨していた。最初に点数を聞いた時は耳を疑ったけれど、実際に雪哉くんの答案用紙は見事なまでに〇しかついていない綺麗なものだった。実際に百点と書かれた五枚の答案用紙を見れば疑いようのない事実だということが分かった。

　そんな驚異的な点数を取ったのにもかかわらず、雪哉くんは自慢するわけでも得意げになるわけでもなかった。きっと彼にとってこれは特別なことなんかではなく普通なんだろうと思った。上には上がいるのだと実感した。

　いったいどうしたら五百点満点中五百点なんて信じられない点数を取ることが出来るのか不思議になって聞いてみたら、『勉強を頑張らないと将来的に臓器を売らないといけなくなっちゃいそうだから』とまじめな顔をして言っていた。

　そんな予想外過ぎる答えに言葉を失ったことを今でも覚えている。意味が分からなかった。

　あの時の衝撃はたぶん一生忘れないと思う。

　何の冗談かと思ったが雪哉くんはふざけていなかった。話を聞いていくとどうやら雪哉くんの家がかなり貧乏でその上借金もたくさんあるらしい。だから学校に行っていない時間のほとんどはバイトに費やしていると言っていた。

勉強だけをやっていたとしても五百点満点中五百点なんてとることが不可能に近いのに、それをバイトをやっていながら実現してしまうなんて信じられなかった。

私では雪哉くんの足元にも及ばないことを思い知らされた。でも悔しいという気持ちはなかった。あったのは純粋に雪哉くんを尊敬する気持ちだった。きっと実力が離れ過ぎていたことが分かっていたからだと思う。

たぶん雪哉くんはもともと頭がいいのだと思う。でもそれ以上に努力していることが分かった。

それからというもの、私の雪哉くんに対する興味はますます大きくなっていた。自分から話しかけることも多くなっていたし、彼の行動が気になって目で追うことが増えていった。

そして雪哉くんがとても素敵であることが分かった。優しくて努力家で大変なことがあっても泣き言なんて言わない。そんな彼の姿を見て自然と彼の力になってあげたいと思うようになった。

同じ学生の私に出来ることなんてほとんどなかったが一つだけ思いつくことがあった。

雪哉くんは家が貧乏だからなのかお昼ご飯を食べていない日がほとんどだった。食べていたとしても賞味期限切れのお弁当だったり、ひどい時はパンの耳だったこともあった。

だから私はお弁当を作ってこようと思った。

料理は好きだし、学校に持ってきているお弁当は自分で作ったものだった。一人分が二人分になったことくらい何ともない。

ただ一つ問題があるとすれば、雪哉くんが遠慮して受け取ってくれないかもしれないということだった。なので、私は勉強を教えてもらう代わりにお弁当を作ってくることを提案した。もちろん雪哉くんは断ろうとしたけれどそこは何とか言いくるめることが出来た。今思えば少し強引だったかもしれないが、これが雪哉くんと関係の始まりだった。

そんな関係が始まり雪哉くんとどんどん仲良くなるにつれて、勉強だけではない彼のすごさを目の当たりにすることが増えていった。

これまで色々な種類のバイトをしてきたからなのかすごく多才だ。掃除や料理をはじめとした家事全般に、マッサージも出来るし髪の毛だって切ってあげることが出来る。おまけにどれもかなり高いレベルだ。髪の毛を切ってあげることに至っては、服装検査のたびにクラスの数名の男子たちが雪哉くんにお願いする状態になっていた。

おまけに運動神経も抜群だし、絵まで上手だった。どうやら絵を描くお仕事のお手伝いをしていたことがあったらしい。きっとまだまだ出来ることがあるに違いない。

雪哉くんなら何でも出来てしまうのではないかと思ってしまう。そう思うのは私だけではないようでクラスのみんなも困ったことがあると最初に雪哉くんに相談していた。しかも大体のことは解決してしまうのだから恐ろしい。雪哉くんのハイスペックぶりは少しおかしいと思う。

雪哉くんはそんなみんなの頼みを無下にすることはなく手を差し伸べてくれる優しさを持っている。だからこそみんなも雪哉くんの助けになりたいと思っていたし、彼の周りに人が集まるのだろう。

私も勉強のことだけではなくたくさん助けてもらった。自然と彼を目で追うことが日に日に増えていっているような気がするし、これまで感じたことのない不思議な感情を抱くようになった。

そんな時だった。突然雪哉くんの転校が決まった。クラスのみんなも何の前触れのない転校にかなり驚いていた。しかも転校先はお金持ちが通うことで有名な桜聖学園だった。突然のことにみんな動揺し、雪哉くんの家のことも知っている人がほとんどだったから余計に心配してしまった。どうやらそんな心配はいらなかったみたいだけど、雪哉くんがいなくなってしまうことは寂しかった。

みんなで雪哉くんの送別会を計画してこれまでの感謝の気持ちを込めて贈り物をした。みんな協力的だったし、雪哉くんが喜んでくれたみたいだったので良かった。

個人的に何か贈り物をしたかったので、みんなとは別にお礼としてハンカチを用意した。ハンカチ一枚選ぶのに二時間以上かかっていたことに気が付いた時はさすがにびっくりしてしまった。

悩みに悩んでようやく決めて、いざ渡す時になるとなぜだか緊張してしまってうまく渡すことが出来なかった。最後なのだからもっと話したかったし、お礼だってちゃんと言いたかったのに逃げ出すように帰ってきてしまった。そのことが唯一の心残りだ。

今日は雪哉くんが転校していなくなってしまってから初めての登校。今朝も間違えて二人分のお弁当を作ってしまった。もう雪哉くんにお弁当を作ることがないと思うと少しだけ寂しい。

ぽっかりと心に穴が開いてしまったような感じだ。

雪哉くんが転校しても何も変わらないいつもの通学路を歩いていると、ふとあることを思い出す。

「そういえば、澪ちゃんも桜聖学園だったよね」

早乙女澪ちゃんは私と同い年の従姉妹だ。小さい頃はお互いの家に泊まりに行き合ってよく遊んだ。大きくなるにつれてお互い忙しくなってしまい、昔みたいに遊ぶ時間がなくなってしまった。それでも時々連絡は取り合っている。

「澪ちゃんに聞けば雪哉くんのこと分かるかも……」

私は携帯を取り出してメッセージアプリを開く。澪ちゃんにクラスメイトが桜聖学園に転校したことと雪哉くんの名前も忘れずに伝える。

「もし何か分かったら教えてね、と。これで良し！」

雪哉くんは転校してしまったけど、澪ちゃんを通してまだつながっているような気がしてなんだか心が軽くなる。もしかしたら再会する機会は思いのほか早くくるのかもしれない。そんな予感がして心が弾む。

いつもと変わらないと思っていた通学路が不思議と輝いて見えた。

雪哉の勘違いと真実

雪哉が結依に買われた日。

雪哉にとって刺激的で、人生を大きく左右するであろう日が終わりを迎えようとしていた。

朝起きて両親が出ていくという衝撃的な出来事から始まり、幼馴染みであり初恋相手でもある結依との数年ぶりの再会。

これだけでも雪哉にとっては忘れることの出来ない一日になっていただろう。

だが、それだけでは終わらなかった。借金を返済してもらう代わりに結依に買われるというとんでもないことが起き、めでたく結依のものとなったのだ。

この選択は雪哉が自らの意思で決めたことだ。かなり思い切った選択だが、雪哉自身はこのことを全く後悔していなかった。

結依に買われたことによりこれまで住んでいたぼろぼろのアパートから引っ越すことになり、さらには結依との同棲生活まで始まることとなった。

それだけではなく転校するよう言い渡され、雪哉を取り巻く環境はほんの一、二時間のうちに全て変わった。

そして、日中は結依と共に外食しその後はショッピング。これまでの雪哉には考えられないことだ。何もかもが衝撃的で刺激的だった。

そんな雪哉は結依と共にこれから二人で暮らす新しい家に帰ってきた。買い物を終えて戻ってくる頃には日が傾いていた。

「疲れたでしょうからお風呂にでも入ってゆっくり疲れをとってください」

「お風呂？　シャワーではなく？」

雪哉は驚きの表情を浮かべ聞き返す。一方で結依は雪哉の意味の分からない質問に首をひねりながらも答える。

「？　はい。出かける前に準備をしておいたのでもう入れますよ。」

「おぉ……」

雪哉は感嘆の声を上げた。家が貧乏だったせいで湯船に浸かることなんてこれまでの人生の中でも数えるほどしかなかった。少なくともここ数年はない。いつもはシャワーを浴びることしか出来ていない。

家庭の事情を考えればシャワーを浴びることが出来ただけでもかなり恵まれていたのだ。というのも、衛生を保たねば仕事に支障が出てしまうからだ。仮に仕事がなくなるようなことがあれば困るどころの話ではない。死活問題だ。

そんな雪哉にとってバスタブとはお風呂にある大きめのオブジェくらいの意味しかなかった。

「もしかして、お風呂はあまり好きではありませんか？　それならシャワーだけでも……」

「い、いや。入らせてもらうよ。貧乏過ぎて湯船になんて浸かれなかったから驚いただけなんだ」

雪哉の言葉を聞いて結依の目が優しくなる。その優しい視線にむずがゆさを感じた雪哉は冗談めかして言う。

「ほ、ほら。バスタブって今までは鑑賞用だったし……」

雪哉の言葉は結依の視線をどんどん優しくするだけだった。ついに結依の視線に耐えられなくなった。

「と、とにかく入ってくる」

「はい。ごゆっくり。着替えとタオルは後で持っていきますね」

「あ、ありがとう」

雪哉は逃げるようにお風呂場へと向かう。

そんな雪哉のうしろ姿を見送った結依は姿が見えなくなったところで携帯を取り出す。

深呼吸を一つして気持ちを落ち着けてから電話をかける。耳元で数回コール音が鳴ったあとにつながり、明るくてどこか安心できるような声が聞こえる。

「もしもし？　結依ちゃん？」

「はい、お久しぶりです。真由美《まゆみ》さん」

電話の相手は雪哉の実の母親である一ノ瀬真由美だ。

「久しぶりね。こうやってちゃんと話すのは結依ちゃんが引っ越して以来ね」

人が良さそうな優しい口調。緊張していた結依も次第にいつもの調子を取り戻す。

「お時間大丈夫でしょうか？」

「ええ、大丈夫よ」

「雪くんのことでお電話させていただきました」

「そうなの、わざわざありがとうね……それと迷惑をかけてしまってごめんなさい」

真由美の声からは、申し訳ないという気持ちと悲しい気持ちが感じ取れ、間違いなく本心から思っていることが分かる。

結依は突然の謝罪に驚きながらも真由美の言葉を否定する。

「そんな迷惑だなんて！　父も私も天国にいる母も迷惑だなんて思っていません。真由美さんたちは私たち家族の恩人ですから！」

これは結依一人ではなく結依の父親である伊久磨《いくま》も同じ気持ちだ。今回の一連の出来事は結依一人で行ったものではない。中心となって動いていたのは伊久磨だ。

多少結依の我儘な部分もあるが、その根底にあるのは恩人である真由美たちへの恩返しだ。

「そう言ってもらえると嬉しいわ。少しだけ気持ちが楽になった気がする」

「私たちの本心ですから。それにこれくらいのことでは恩を返し切れていません」

「そんなことないわ。とっても感謝している。大き過ぎるお返しだわ」

「そんなことありません。私たちは本当に感謝しているんです。今私たち家族がバラバラになっていないのは真由美さんのおかげです」

真由美の言葉を否定する。結依の言葉には強い感情が込められている。

結依たち家族と真由美たち一家の関係の始まりは、結依の母である結莉《ゆり》が病気で亡くなる頃までさかのぼる。

結依は母親のことも父親のことも大好きだった。伊久磨は優しかったが仕事ばかりしていて家にあまりいなかったし、遊んでもらう機会はもっとなかった。本当はもっと一緒に遊んでほしいし家族三人で過ごしたいと思っていた。それでも家族のために頑張ってくれていたことは分かっていたから我慢していた。

そんな父親へ思いが揺らいだのは、大好きな母親が倒れ入院することになってからだ。

家では独りぼっちで過ごすことになりとても寂しい思いをした。そして何より仕事ばかりしていて、父親が病気で苦しんでいる母親のお見舞いにすらほとんど顔を出さなかったことが何よりも悲しかった。結依は初めて父親のことが嫌いになった。

実際は会社を大きくすることが伊久磨と結莉の夢であり、そんな二人の夢のために頑張っていた。そして何より当時はお金に余裕があったわけではなかったため、膨大な入院費と治療費を稼ぐために必死に働いていたのだ。

そんなことは幼かった結依は知る由もなかった。それに伊久磨自身にも愛する妻が病に冒され苦しんでいる姿を見るのに耐えられず、仕事を理由に逃げていた部分もあったことは否定出来ない。

結依は一人で過ごし伊久磨はこれまで以上に仕事に没頭するようになってからしばらくして二人の人生を大きく変える出来事が起きた。

回復に向かっていると思われていた結莉の容態が急変した。

結依はすぐに病院に駆けつけることが出来たが伊久磨は仕事だった。その仕事は結莉の夢でもある会社を大きくするためには決してはずせないものだった。

伊久磨が結莉の容態の急変を知ったのはその仕事が終わった時だった。それを知った伊久磨は病院に向かって走り出した。しかしそこで大きな問題が生じた。

財布をどこかに置き忘れてしまって一銭も手元になかったのだ。普段ならそんなミスは絶対にしないが、愛する者が死ぬかもしれないという状況に気が動転していた。

金がなくては電車やタクシーに乗ることが出来ず駆けつけることすら出来ない。このままでは到底間に合うはずがない。一刻も早く駆けつけたいが、どうしていいのか分からずパニックに陥っていた伊久磨に声をかけたのが真由美たち夫婦だった。

伊久磨から事情を聞いた真由美たち夫婦は一切の躊躇なく手元にあったお金を全て差し出した。

いつもなら貧乏ゆえに人に貸すことが出来るお金なんて持っていないがその日は給料日だったのでたまたま持っていた。そのお金がなければ自分たちも生活が出来ずに困るにもかかわらず、目の前で困っている伊久磨のことを優先したのだ。

夫婦は笑顔で伊久磨を送り出した。すぐに家族のもとに行ってあげて、と。

そのお金のおかげで伊久磨は間に合った。

奇跡だった。まるで伊久磨が来て家族三人が集まるのを待っていたかのようだった。

結莉は家族がそろったのを確認すると眠るように息を引き取った。最後の瞬間を家族三人で過ごすことが出来た。

「真由美さんたちがいなかったらきっと父のことを恨んでいましたから」

「……そう」

真由真は結依の言葉を聞き、一言だけ答えた。

今親子がバラバラになっていないのは、真由美たち夫婦の優しさに救われたからだ。ただ、お金を落としてしまったと両親に告げられた雪哉の心境は想像に難くない。

伊久磨は数日後、真由美たちを訪ねて借りたお金を返した。そして、何か助けが必要なことがあれば必ず助けになることを約束した。

「だから恩返しさせてください」

「分かったわ。ありがとう」

真由美は結依の思いの強さを感じ取ったからこそ素直に厚意を受け取ることにした。

「それに謝らないといけないことがあるのは私なんです」

「そうなの？」

「はい……実は――」

結依は今日の出来事を話した。雪哉との久しぶりの再会に舞い上がってしまい、雪哉を買うだなんてとんでもないことを言ってしまったと。

本来は雪哉が独り立ちするまでの間、金銭的な援助をするという話だった。仮に雪哉が望むなら橘と同じような結依専属のお手伝いとして雇うというものだった。

　このようなお願いを伊久磨にしたのは、真由美たちが自分たちのせいで雪哉に不自由な思いをもうさせたくないと思ったからだ。本当は自分たちの力でどうにかしたかったが、数年でどうにかするのは不可能だと思ったので伊久磨を頼ることにした。

　雪哉には一度しかない青春を謳歌してほしかった。

　結依から話を聞いた真由美は、笑うとからかうように言う。

「結依ちゃんって結構大胆ね」

「う、うぅ……」

　恥ずかしさと申し訳なさで言葉を失う。

「気にしなくていいのよ。雪哉が自分で決めたことなんだから」

「……はい」

「結婚式には呼んでほしいわね」

「はい！　必ず！」

「ふふっ、そのためにもしっかり借金を返して堂々と雪哉に会えるようにしないといけないわね。もう雪哉を困らせたくないもの」

　結依は真由美の言葉を聞いてハッとする。もう一つ話さないといけないことがあった。

「実はもう一つ話さないといけないことがあるんです」

「何かしら？」

「雪くんは勘違いしていると思うんです」

「勘違い？」

「その……」

結依は雪哉の勘違いについて話した。雪哉は両親に借金を押しつけられて出ていかれたと思っている。そしてその借金全てを自分一人で返そうと考えていることだ。

だが実際は違う。真由美たちは雪哉に借金を押しつけてなんていない。伊久磨に借金を肩代わりしてもらっているのは事実だが、その肩代わりしてもらった分を伊久磨の経営する会社で働くことになっているのだ。正確に言えば肩代わりではなく色々なところから借金をしていたが、借金相手が伊久磨一人に変わっただけに過ぎない。

仮に、雪哉を結依専属のお手伝いとして雇うことになったらその分は借金返済に充てられるが、決して雪哉一人が借金を返すことになっているわけではない。

「雪哉はそんな風に思っているのね」

真由美の声は悲しげだ。

「ごめんなさい。私がちゃんと説明しなかったせいで雪くん誤解してしまっているんです」

「結依ちゃんは何も悪くないわ。それに、雪哉を置いてきたのも嘘じゃないもの……」

「そんなっ、真由美さんたちは……」

「いいの。私たちが不甲斐ないせいなんですもの」

真由美は結依の言葉を遮る。

「会ってもらえるかは分からないけど、いつか雪哉に会う時、胸を張っていれるように頑張るから雪哉に私たちのことは言わないで。やっと私たちから解放されたんですもの」

「……」

「雪哉は優しいから、私たちが借金のために働いていると知ったらきっと一緒に働くって言うと思う。でも、雪哉には他の子と同じように学校に行って友達と素敵な時間を過ごしてほしいの。私たちがいたら雪哉の邪魔をしちゃうわ。だから結依ちゃん、お願いね？」

結依は真由美の言葉を受け止めて頷いた。

「分かりました。真由美さんがそう決めたのでしたら」

「ありがとう」

受け入れたとはいえ結依の声は暗い。家族が離れ離れにはなってほしくないのだ。

「それとね、雪哉の勘違いは結依ちゃんのせいじゃなくてうちの人のせいよ」

「え？」

「あの人がね、家を出る時、雪哉に手紙を置いてくっていうから今回のこと、ちゃんと伝えてってお願いしたのよ」

「私も読みました。でも……」

「どうせ大した説明なんて書いてなかったんでしょ？」

「はい、実は……」

「はぁ……」

大きなため息が電話の向こうから聞こえてくる。

今回の雪哉の勘違いの一番の原因は父親から雪哉に向けた手紙だろう。


『雪哉へ。

父さんと母さんは少し遠くに行くことにした。悪いな。この選択がお互いのためになると思う。あとのことは、ある人に頼んである。俺たちも頑張るから雪哉も頑張れよ』

説明らしきものは一切ない。こんな手紙では何も分からないだろう。これを読んで勘違いが生まれるのは火を見るよりも明らかだ。


「結依ちゃんは何も悪くないから気にしないでね。あの人に任せた私がいけないの」

結依は何と言ったらいいのか分からず黙ってしまう。呆れのようなものが感じ取れる声色からいつものような優しい声へと戻る。

「今日は電話くれてありがとうね」

「いえ、こちらこそこんな時間に申し訳ありませんでした」

「雪哉のことよろしくね」

「はい！　任せてください、お義母さん！」

結構前から心の中で真由美のことをお義母さんと呼んでいるが、表には出さないようにしていた。今、自然と真由美のことをお義母さんと呼んでしまっていることに結依は気づいていない。

「ふふ、それじゃあね。おやすみなさい」

「はい、おやすみなさい」

真由美は満足そうに笑うと挨拶をして電話を切った。

結依は切れたことを確認すると安堵したように大きく息を吐いた。知らず知らずのうちに緊張してしまっていたようだ。

時計を見ると思ったよりも長い時間が過ぎていることに気づく。雪哉はまだお風呂から出てきていないが、いつ出てきてもおかしくない。

「雪くんのタオルと着替えを用意しないと」

慌てて立ち上がると急いで準備する。

気を抜くと人には見せられないような顔になってしまう。雪哉のことを頼むと言われたのだから親公認だと言っても過言ではない。

思わず顔がにやけてしまいそうになるのを必死にこらえる。

タオルと着替えを抱えてお風呂へ向かう。その足取りは軽やかだ。

これからの幸せな日々が始まる予感がして胸が高鳴った。

《了》

あとがき

はじめまして、カムシロです。

この度は拙作を手に取って頂き、本当にありがとうございます。

何もかもが初めての経験で、右も左もわからないまま進みようやく形にすることができました。

まだまだ力不足の身ですが、この作品を読んで少しでも楽しい時間を皆様に届けることが出来たら幸いです。

昔からアニメやライトノベルが好きで、ぼんやりと思い描いていた書籍化の夢を叶えることが出来ました。本当に嬉しいです。しかし、実感が湧かないというのも事実なので、書店に自分の作品が並ぶのを是非ともこの目で見てみたいと思っております。

こうして本を発売することが出来たのは私一人の力ではありません。たくさんの人に助けてもらった結果です。この場をお借りして感謝の気持ちを述べさせていただきます。

まず、素敵なイラストを描いてくださったイラストレーターのヨシフユ様。本当にありがとうございました。結依のイラストもたいへん可愛らしくて最高です。これからもどうぞよろしくお願いします。

続きまして担当編集の韓様、サブ担当の竹内様。そして出版に際して尽力くださった編集部の皆様と関係各社の皆様方。本当にありがとうございます。大変お世話になりました。今後と

もよろしくお願いいたします

そして何より、Ｗｅｂ版の連載時から応援してくださった読者の皆様と、書籍版を手に取ってくださいました皆様に深く感謝申し上げます。

またどこかで皆様に会えることを心より願っております。

カムシロ

BRAVENOVEL
ブレイブ文庫

超貧乏な俺は幼馴染みに買われ、幸せでちょっぴり刺激的な生活を送っています 1

2024年10月25日　初版発行

著　者　　カムシロ

発行人　　山崎　篤

発行・発売　　株式会社一二三書房
〒101-0003 東京都千代田区一ツ橋2-4-3
光文恒産ビル
03-3265-1881

印刷所　　中央精版印刷株式会社

■作品の感想、ファンレターをお待ちしております。

■本書の不良・交換については、メールにてご連絡ください。
株式会社一二三書房　カスタマー担当
メールアドレス：support@hifumi.co.jp

■古書店で本書を購入されている場合はお取替えできません。

■価格はカバーに表示されています。

■本書は小説投稿サイト「小説家になろう」（https://syosetu.com/）に掲載された作品を加筆修正し書籍化したものです。

ISBN 978-4-8242-0297-0 C0193